那些我们无法对所爱之人诉说的事

[英] 胡玛·库雷希 著

王天然 译

Things We Do Not Tell The People We Love

Huma Qureshi

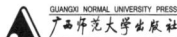

GUANGXI NORMAL UNIVERSITY PRESS

广西师范大学出版社

·桂林·

惊奇 wonder BOOKS

| 那些我们无法对所爱之人诉说的事 | 出版统筹 周昀 | 责任编辑 郑伟 |
| NAXIE WOMEN WUFA DUI SUO AI ZHI REN SUSHUO DE SHI | 特约编辑 黄建树 | 封面设计 郑元柏 |

Copyright © Huma Qureshi, 2021

This edition is published by arrangement with Peters, Fraser and Dunlop Ltd. through Andrew Nurnberg Associates International Limited Beijing

著作权合同登记号桂图登字：20-2024-046 号

图书在版编目 (CIP) 数据

那些我们无法对所爱之人诉说的事 /（英）胡玛·库雷希著；王天然译 . -- 桂林：广西师范大学出版社，2024.7（2025.5 重印）.-- ISBN 978-7-5598-7058-2

Ⅰ. I561.45

中国国家版本馆 CIP 数据核字第 2024F57L18 号

出版发行　广西师范大学出版社
　　　　　地址：广西桂林市五里店路 9 号
　　　　　邮编：541004
　　　　　网址：www.bbtpress.com

出版人　黄轩庄
经销　　全国新华书店
发行热线　010-64284815
印刷　　山东临沂新华印刷物流集团有限责任公司
　　　　地址：山东临沂高新技术产业开发区工业北路东段
　　　　邮编：276017
开本　　787mm×1092mm　1/32
印张　　7
字数　　102 千字
版次　　2024 年 7 月第 1 版
印次　　2025 年 5 月第 2 次印刷
定价　　52.00 元

如发现印装质量问题，影响阅读，请与出版社发行部门联系调换。

献给理查德

目录

我欲寻往哭声之所在，便继续拾级而上，两边是洞开的、黑漆漆的窗户。终于，我来到一扇白色的门前——哭声正自门后传出。我走进去，感觉她近在咫尺，于是打开了灯。

然而房间中空无一人，一片寂静。可是看哪，沙发上还放着那块被她眼泪打湿了的手帕。

——埃利奥·维托里尼[1]，《名字与眼泪》

1　埃利奥·维托里尼（Elio Vittorini，1908—1966），意大利小说家、翻译家和文学评论家。（本书注释如无特别说明，均为译者注。）

预 感

　　母亲随口对我说起你订婚了，要娶一个在牛津学医的姑娘。我心想，那当然了，我可记得你母亲对这些事情有多挑剔。当时我正赶着去见卡梅伦，并未把母亲的话放心上，便匆匆挂断电话，等赶上公交车，在车上把气喘匀后，我才拾起思绪：听到你最终未能免俗，做出如此传统的选择，我心中并无太多惊讶。

　　原本我已将你和你的婚礼丢到脑后，结果却在几个月后卡梅伦过生日再度因故想起。那天我们去了米尔德丽兹[1]共进晚餐。雨下得很大，我俩挤进门，等位的人们将温暖的身体挤在一起，我们也贴上去，每个人的外套都散发着篝火与潮湿树叶的气味。卡梅伦

1　米尔德丽兹（Mildreds），一家著名的连锁素食餐厅，位于英国伦敦。

转过身来亲吻我，当他凑过来的时候，我恍惚在他身后看到了你——同样在排队，身边是一位满头小卷、发梢金黄的姑娘。我不敢确定，因为上一次见到你很可能是在十年前或者更早的时候，但我认出了某些特征：你略显无精打采的站姿，以及没有太多变化的面庞。肯定是因为我看得太过专注，所以当卡梅伦再次从我身旁走开时，他才会捏住我的手，大笑道："嘿！今天可是我生日，你看谁呢？"

等我们走到桌前落座时，我又偷偷看了一眼，这次看得更仔细了。低垂的铜灯投下的阴影在你的脸上摇曳，也许是察觉到有人在看你，感到很别扭，所以你才会抬起头来，对上我的眼睛。直到这时，我才确定真的是你，因为我们过去经常做一模一样的事情。

第一次察觉到你的注视，是我十五岁的时候。我们从小就认识，换句话说，我们根本不了解彼此。我们还没出生的时候，两家父母便是朋友，但你我几乎没说过话。不过母亲有一次告诉我，我俩很小的时候曾在双方家里一同玩耍过，可我完全没有印象，直到现在也想不起来有这回事。等到念中学时，男女之间已经画下一道界线，我明白我不应该和男生说话，想必你同样明白这个道理。谁知之后你却注视起我来。

这种事情第一次发生时，我们正在某个叔叔和婶婶家参加晚宴。虽然我们这样称呼他们，其实他们和我们并没有血缘关系，只是我们偶然结识的另一家巴基斯坦人。那个时候，每个星期六晚上，每家会轮流举办派对，一次宴请六七十人，将多到令人不舒服的宾客塞进家里。当时我在一所女校读书，同校的英国女孩参加的才是名副其实的派对，少年们约在家里，有男孩，有酒，但完全没有父母的干涉。我的生活多么无趣啊，无趣得令我难堪。我们的晚宴是父母那一辈眼中的美好时光。他们热衷于这些聚会，甚至就是为了这些星期六的夜晚而活。这些夜晚里，所有男人，所有父亲，全部围坐在长沙发上，大谈政治和NHS[1]的现状——他们正好都在该系统中工作——没有外人

---

1 即"国民保健制度"（National Health Service）的缩写，为英国自1948年开始实施的主要靠赋税维持的免费医疗制度。

打扰；女人们，我们的母亲们，则在厨房里互相帮忙，把饭菜摆上桌，然后再将买来的散装纸巾在纸盘子上摞起来，闲聊个不停。事实上，这好像并不公平；我至今不知道母亲们聊了些什么，现在想来，其中一些也许事关为了在这个国家扎根而抛诸身后的人生吧。

与此同时，我们待在楼上不同的卧室中，女孩一个房间，男孩一个房间。我们女孩全坐在地板上看电影，你们男孩则在走廊对面，为电子游戏和足球争吵打闹。参加这种晚宴时，我不得不和其他女孩一样，换上花哨的丝绸纱丽克米兹[1]，这种套装色彩明丽，绣着花纹，但大多不合身，散发出的气味会让人想到阁楼的手提行李箱。而我也很讨厌这些衣服，毕竟穿上它们的我宛如一棵花花绿绿的圣诞树，但是你们男孩穿 T 恤与牛仔裤就可以过关。我不服气，为什么男孩们都不需要付出努力，为什么我们的母亲们不会一起上下打量你们，仔细审视你们，就像她们对待我们那样，与此同时，她们还会品评我们的皮肤有多白皙、发育中的腰肢曲线有多漂亮——这些早早出现的迹象

1　纱丽克米兹（shalwar kameez），南亚妇女服饰，有些国家的男子也常穿。

将决定我们有多适合结婚。

有时，年纪大点的女孩们会小声讨论自己本不该迷恋上的人。她们尤其喜欢讨论你，因为你是众人眼中最帅的那个，有着异乎寻常的奶油色皮肤、泛着金光的头发、深邃的栗色双眸。我得承认，这让我们所有人都感到很新奇。即使你不修边幅，她们也常常惊叹："真看不出他是个巴基斯坦人。"你十分纤瘦，看身形，有些像是经常跑步的人，我曾听见其他男孩讥笑你，说你女里女气，可你只是哈哈一笑，满不在乎地耸耸肩，活像是一位摇滚明星，而你在我们所有人眼中就是。

第一次察觉到你的目光落在我身上，是我们被叫到餐厅吃饭的时候。按照惯例，叫孩子们下楼吃饭，应该是在服侍父亲们用完餐之后，在母亲们开动之前。纸盘里面装着米饭、鸡肉和商店买来的专门给我们这些孩子准备的比萨，盘子中间都凹陷下去了，我们想吃什么就吃什么，小心地将选好的食物拿回指定的房间，卧室的地毯上铺了洁白挺括的床单，床单则被透明胶带固定在了踢脚板上，以免地毯被溅到。在那栋特别的房子里，为了给客人们腾出更多空间，餐桌要靠墙摆放，由婶婶领着我们排队进入餐厅，好像等待我们的是不限量自助餐。然而你却站在队伍外，懒洋洋地倚着餐具柜，胸前紧紧抱着一个纸盘。你总带着这股自负，仿佛在说你比周遭这一切都要高明，我欣赏这样的你，因为我心里也有几分同感。我用眼角的余光瞥见你站在那儿，突然，我发现你正看向我，尽管我周围还有其他人。我不记得自己是怎样发现的，只记得我感受到了，只记得我能感受到自己正在被注视，因为我的皮肤发痒，呼吸也变得异常明显。当我意识到是你在注视我时，在我体内某个地方，一串神经突触擦出了火花。我抬起眼，羞涩，犹疑，虽然是我主动对上你的眼睛，虽然我们俩重又错开了视线，但在那之前，你注视我的时间恰好比适当的时间长了一点点。

那天晚上的晚些时候，我脑海里全都是你，然而我此前从未和你说过话。

this种情况持续了几个月，在我们参加的每一场星期六的晚餐聚会上，一场隐秘的眉目传情交响乐以各种强度、动作和节奏奏响。这让我感到不安，这不安却并不特别让人不悦；我感觉自己更鲜活、更漂亮、更奇特了，我的意思是，在你的注视之下，我自觉更加独特。当然，我很快就明白，这件事只存在于我俩之间，独属于我们，我们不需要与他人论及，无疑也不需要对彼此说起。这是我们的秘密。可有时我依然告诉自己，一切都是我的幻想，要知道，你不仅年龄比我大，更是所有男孩里最帅的；而摆在你面前的我们这帮女孩当中，比我漂亮的有一大把，她们全披着一头缎子般的深色秀发。我细瘦、平胸、沉默、书呆子气十足、个子矮，还戴着一副眼镜。我弹钢琴，这是我能想到的唯一一件让我不同于他人的事。你知道我会弹钢琴，毕竟每次在我家举办晚宴时父母都要我为客人们演奏。然而除此以外，我几乎没有什么惹人注意之处。你为什么会对我产生兴趣，我实在是想不出合理的解释。

渐渐地，我感觉你像是某种预感。不知怎的，当我穿过楼梯平台，或者走进走廊和餐厅时，也能看到你的身影，好似是你在等我，仿佛你知道我会在那儿出现。你注视着我，我移开视线，再转回来时，你依旧在注视着我。交响乐步步推进。我们在楼梯上擦肩而过，我往上，你向下，两次心跳的空拍之间，你蹭到了我的手或胳膊，有一两回，你跟在我身后，甚至碰到了我的后腰，我知道你是有意为之，因为这样的事一直在发生。你的触碰很轻，仿若并非故意——有时，你无声地递给我一个杯子或一个盘子，手指按住了我的指尖——可它们像划破天空的闪电，将我撕开一道裂缝。不幸的是，那样的瞬间也许只有千分之一秒，但它们却填满了身为女学生的我的那个小小世界，并让它不停转动，就像一缕缕阳光下飞舞的金色尘埃。

曾经的我厌烦星期六夜晚，现在却恨不得它们马上到来。一个星期过得太慢了，以前在学校的时候，每到课间休息时间，我常常迫切地捕捉其他女孩的只言片语，对她们的谈话烂熟于心，幻想自己哪天也能加入其中；现在我更乐意独处，因为独处给了我时间去想你。我戴着随身听坐在楼梯间，一边听着情歌，一边回味我们上一次偷偷交换眼神的那一幕，因为我渴望着你，每个节拍都震得我的心隐隐作痛。我开始在意自己的外表，央求母亲允许我把框架眼镜换成隐形眼镜、修理眉毛，请她把我的纱丽克米兹——你只见过穿着这类衣服的我——改合身，让它们也许能够更吸引人一点点。她也迁就了我，我猜这或许是因为她认为我对自己的根或者别的什么产生了兴趣。但我只是想让你继续看向我，让你的目光不要从我身上滑落，不要将注意力转向别人。

每当星期六的夜晚终于降临，我会搜寻线索，看你们一家是否已经抵达受邀赴宴的房子：我的目光会扫过沿着马路停放的长长一列汽车，寻找你家的那辆，并在前门胡乱堆放、形同碎石堆的客人鞋子中搜寻你的运动鞋。有时候你不在，在那样的夜晚，我的心沉甸甸的，坐车回家的路上也垂头丧气，父母问我玩得开不开心，我也总是闷闷不乐。

你家的晚宴尤其让我兴奋，一想到我就在那里，在你生活过、做过梦和呼吸过的屋檐下，知道我的手抚摸过的地方或许你也曾抚摸过，我就很是不知所措。你家中的每个小物件都别具意义，啜着玻璃杯中的饮品，我幻想着你是否也用过这个杯子喝东西，然后亲手清洗，将它留在滴水板上，仅是这么一想，便足以让我头晕目眩。趁着你们那帮男孩在你家电视间看足球，我不止一次偷偷溜进你的卧室。房间里有股麝香的味道，又像是温暖的躯体，或者长时间遗落在暗淡雨水中的衣服的味道，后来我上了大学才知道，绝大多数男生寝室都是这种味道，而他们的皮肤一大早就会皲裂。不过那时候，对我一个独生女而言，这些仍旧是个谜。看到眼前你团成一团的床单，我头脑发晕，却不太明白是怎么回事。我从不多逗留，但瞥见过你的书，都是些我当时还未曾耳闻的作家写的，例如索尔仁尼琴和萨特。我也仔细看过你的CD，并惊讶地发现你和我父亲在音乐上品味相投，有卡朋特乐队、凯特·斯蒂文斯、卢·里德。于是我开始在父亲听的歌曲的歌词中寻找你，在心中反复吟诵。你好我的爱人，我听见你给了我一个吻。有时我想拿走某样东西，比如一本书，或者桌上满是你笔迹的一张纸，我只是想拥有某样属于你的东西，但那令我尴尬的纱丽克米兹没有放东西的口袋。

在米尔德丽兹，我没有特意去看你，但我能感觉到，你就像是一片模糊的阴影，每当我随着卡梅伦欢笑、伸手覆上他的手，或是他将自己的勺子伸到我嘴边让我品尝他的甜点时，阴影就会瞥我一眼。虽然我过去不愿同乡看见我和卡梅伦一起，但现在那个小地方仿佛远在百万英里之外，所以很久很久以前，我便已不再受其困扰。当母亲问我在哪里或者和谁在一起，我并没有完全坦白，也没有向她透露更多的细节，但至少我没有编造谎言，也没有假装卡梅伦不存在。她知道他的名字，我猜，她应该通过一系列排除法推断出我与他大概是同居了。尽管这可能会让她感到痛苦，她却并没有就此同我当面对质，于是我将她的沉默视作多年过后一种不情愿的默许。只要她不问，我也不会提他，可我早受够了与秘密和谎言为伍。大学时我就过着那样的日子，就像藏皱巴巴的情书一样将男朋友藏起来，现在的我早过了那个年纪。我短暂地好奇了一下和你共进晚餐的姑娘是谁，她容貌动人，发梢金黄，留着一头黑人式圆蓬小卷，你为她斟酒，握着她的手。她显然不是那个在牛津学医的巴基斯坦好女孩，也就是说，不是你家人自豪地宣布同你订婚的那位姑娘。

卡梅伦离席去了洗手间，我披上外套，耸了耸肩，外套上雨水的潮气还未散去，摸上去一块一块的，很不平整，就在此时，我们的目光再次锁住彼此。你朝我的方向点了点头，算是打了招呼，仿佛过往的这些年悬浮在空气的微粒中。同你一起的女孩低着头看手机，她的面容被光晕柔和地照亮了，那张脸真是优雅之至。卡梅伦回来后，我让他带着我向门口走去，从外面经过时我正好可以看到你，透过聚在室内玻璃上影影绰绰的雾气，你朦胧得很不真切。

那件事最终发生时，我十七岁。

在一个地方——现如今，那个地方有了家的感觉——待久了，我们的父母逐渐松弛、安定了下来，宛如柔软泥土中的多年生植物。虽然规矩还在，不过星期六的晚宴上，我们这些女孩和你们那些男孩不必再隔离开来。我想，父母们已经逐渐明白，我们最终会相互交往，而这只是个时间问题。我猜，有的父母甚至觉得这是好事，期待未来可以筹备几桩婚事。改变是缓慢发生的，虽然只是一次次小的让步，但对我们这些少男少女来说，这意味着我们可以共处一室了。

我们俩无法真正独处，但现在至少可以聊上几句，总比完全说不上话要好。第一次找我说话时，你微笑着讲了几句，大意是多么希望自己有机会学钢琴，霎时间，我感到头晕目眩，因为你的嗓音，还有你那直视我眼睛的双眸。这时，我已满脑子都是你，可等我们聊起天来时，我脑子里的你已经溢出来了。每次我俩说话，你嘴上说着一件事，双眼却流露出更深切的话语，因此即使只是在门口擦肩而过，我都会半屏住呼吸，心脏不知在胸腔的哪里怦怦跳动。久而久之，我们会用隐晦方式在晚餐聚会上搜寻彼此，假装是意外相遇，在指定给我们的房间的同一侧转来转去，如此便能聊上个二十分钟左右。我们都很小心，避免在对方身边停留太久，因为我们凭直觉就知道这样会招来闲话，可我们总能找到机会再回到对方身边，重新拾起话头。比方说，在吃甜点时闲聊几句，或是在走廊里再聊几句——假如我们能恰巧偶遇对方的话。一开始我们只是聊聊电影、书籍、学校和选课，可我从不觉得琐碎无趣，反而对你越陷越深。渐渐地，几个月过去了，我们开始向彼此吐露，我们都渴望逃离这个小镇。你说的每个字都不知不觉地潜入我的体内，并留了下来。有些夜晚，我会幻想和你一起逃走。有时候，在你家的聚会上，我们一伙人坐在你房间里，听你播放你最喜欢的唱片，你的视线越过他们投向我，然后微笑，每一次，我的心都像车轮一样骨碌碌转动，感觉每一首歌都是你为我而选。有一次，我家举办聚会，你在我的钢琴前驻足，我便试着教你弹协奏曲，甚至逾矩到在无人注意时抓着你的手指轻柔地摁在琴键上，其实我的胃里七上八下，连呼吸都很勉强。不管动作多轻，触碰你的手已经是我做过的最大胆的事。我对男孩依然知之甚少，缺乏任何实质的、实际的、真实的了解，我唯一清楚的是，我渴望着你，渴望到疼得抓心挠肝，由于害怕坠落不想放开双手。

事情最终发生时，我十七岁。那是一个炎热的夏日，蓝天澄净，只能看见缕缕薄云和洁白的蝴蝶，蝴蝶在微风中翻飞，宛若碎纸片一般。那个夏天过后，你就要离开去上大学了，我不愿想这事，却又不得不想。你计划到爱丁堡学法律，两地间的距离令我无法承受，仿佛你要飞往属于自己的未知星系，不过你父母明确表示你会经常回家，我也从中得到稍许慰藉。

那天，我们受邀去吃烧烤，去的是一个叔叔婶婶家，他俩都是医生，并不只叔叔一人是。我们将车停到他们那栋对称的三层大宅外面的路边，车道上已然挤满了车，父亲冲没有工作的母亲说，这就是妻子多赚一份收入的区别。这家人有一个儿子，和你是好朋友，你俩不仅在晚宴时在一起，还上同一所男校。我不认识他，但只要他在你旁边，你就会变成不那么聪明的样子，推推搡搡，作势打斗，在台阶上互相抢橄榄球，满嘴只有足球。我不喜欢。

我和父母抵达时，大部分人都已聚在外面的大花园里，花园足有小公园那么大。空气中弥漫着浓重的烟味，这气味来自烤架上大块大块的腌肉，不过同时还飘浮着一股香甜的味道，这气味被丛丛白玫瑰和茉莉所环抱，花朵上方是攀着篱笆爬行的金银花藤。我发现你在露台上，在一张铺了白纸桌布的条桌后，正在帮忙倒饮品。我走过去，你侧身微微一笑，然后压低声说道："听着，跟我来。"我自然照做了。没人发现我们进了室内。

我能预感到将会发生什么，正如我可以提前知道考试是否能通过那样，又好像我现在依然知道座机铃声是否会响起，以及电话那头的人是谁。但即便如此，我还是深吸一口气，屏住，因为呼气意味着放弃这种可能性。我没有停下脚步去思考，因为要是这么做了，我很可能会转身直接走回室外。不论我有多么渴望，我的教养告诉我这么做是错的。我们俩都心知肚明。但我依然跟着你的脚步，先向里走，然后上楼梯。你有把握我一定会跟着，并没有回头看。我们穿过一楼时，你向后伸出一只手。最开始我们只是指尖接触，可等到我们穿过二楼时，我们的手指已经轻轻扣在一起，我记得当时觉得你的手如此可爱可亲，还记得我呼吸困难，兴奋不能自抑。

我俩谁都没说一个字。我们到了三楼，进入屋檐下的一间卧室。我注意到墙上贴了足球队的海报，地板上胡乱丢着几堆衣物，于是我意识到，这应该是你朋友的卧室。墙面刷成冰霜一般的浅蓝色，好像你我置身天空中最寒冷的地方。天窗关着，房间里有一股潮湿的味道，闻着像汗味。等你转过身来，关上门，双眼终于再次对上我的双眼时，我的心就像一架纸风车那样，呼啦啦地旋转着。

　　你的脸离我如此之近，我能感觉到你的鼻息。你伸手轻触我一侧的脸颊，我的心跳加快了。你闭上眼睛，我则睁着。你凑过来，靠得那样近，近到我看不清你的脸。你的唇像冰，吻上我的唇，最开始是干涩的小口噬咬，和我之前想象的感觉完全不一样。可后来，你继续吻得更深了，接着你的两只手摩挲起我的锁骨，拉扯着我克米兹的领口，脸上的表情也变得奇怪，就在这时候，我突然改了主意，原本坚定的、认为我肯定想要如此的想法，动摇了。

　　你的双手紧紧箍住我的喉咙，我想，你并不是要伤害我，而是想让我留下，所以才把我抬高了抵在门上。我转过头，咬住自己的嘴唇，你却没有停下来，显得急不可耐。"等一下，别。"我小声说，不过你仍然闭着眼，仍然迷失在某个遥远的地方。我不愿提高嗓音，哪怕一点点也不愿意，以免别人听到，万一有人进来，我可承担不起。于是我不再说话，因为此时我已经意识到，就算说了你也根本不会听，索性任由你为所欲为。

那只是一个吻，或者更确切地说，是一连串非常糟糕的吻，伴随了一些试图隔着我的衣服触碰我的生硬尝试。但我和你一样，从小便带着一种天真与责任感长大，这让我相信，即使是一个吻，也应该留到婚后。喉咙上你双手扼住的地方很痛（虽然你的手指看似很温柔，但力道依旧比我想的要重），与其说感到一股美妙的涌流，我的身体更像是在战栗，仿佛你从我身上夺走了什么东西。不，不只如此，我感觉好像自己肯定做错了什么。不知什么时候，你松开了我，但你离开房间前，我一边整理自己的衣服，一边挠了挠头问："为什么?"你先是一脸迷惑，接着耸耸肩回答，因为我给了你一种"这样做也没关系"的感觉。我想你没说错，说到底，是我自己越了界，与你多说了不该说的话，并且大胆地握住你的手，将手指放在钢琴的琴键上，是我回望进你栗色的眸子，是我在夜里梦着你。

在大学里，我早已将你和那个浸着水的小小世界抛到了脑后，有时我发现自己躺在别人的床上，于是轻声说道："等一下，别。"有时又会干脆说："停。"之后一动不动地躺在黑暗中，身体在一双并不温柔的手的抚弄下抽动，不禁好奇自己是怎么变成这样的。有一两次，我想起了你说的话，说我给人一种"这样做也没关系"的感觉。说某种程度上，这是我自找的。

⑧

米尔德丽兹事件过后两个星期，我在收件箱里看到了你的名字，我已预料到这一幕无可避免，正如我可以预知消息是好还是坏。尽管完全没有花大气力刻意去想你，我依旧有些期待收到你的消息。你能找到我的联系方式，我完全不惊讶。你的信息正式而简短。你写道："你好，几个星期前我们碰过面。我想和你互通近况。可以见一面吗?"你还冒昧地提出了时间和地点。

我没有回复，可到了你提议见面的当天，你又写了封信，说无论如何自己都会赴约。我没搭理你的消息，直到应该出发前一个小时才敲下这么一句："好的，在那里见。"

我们在一间平平无奇的咖啡店见了面，咖啡店在利物浦街地铁站的后入口，就是那种不见日光，地面脏兮兮的，供应味道很淡的黑咖啡和放了好几天的干牛角面包的地方。我心想你至少应该选一个稍微体面点的地方。你已经在卡座中等我了，看样子是从工作的地方过来的，西装外还裹了一件黑色大衣。我看着身处阴郁现实中、被冰冷的条形照明灯映照着的你，惊觉你老得令人讶异。之前在米尔德丽兹，我并没有注意到这一点。此时的你，眼下有暗沉的青黑，两侧太阳穴干得起皮。你过去可是那么英俊，那么有魅力。一时间，我很好奇现在的自己在你眼中是什么样子。

你开口："你好，要喝点什么吗?"

我说不用。

"好久不见。"你笑了一声，其实是紧张地抽动了一下。

我说："确实。"我注意到你现在都不敢直视我的眼晴了。"嗯，真是想不到啊。你见面有什么事?"我问。

你挠了挠一侧的脑袋，然后叹了口气，说不太好开口。"是这样的。"你解释道，说那个和你在米尔德丽兹共进晚餐的姑娘只是一个关系比较近的朋友，不过你意识到可能你们看上去不只是朋友。你继续说你不确定我是不是知道，但你现在订婚了，如果你和别人——即使只是一个女性朋友——在外面吃晚饭的消息不知怎的传到你父母耳朵里，结果出现了什么误会，事情可能会很难办。

我咳嗽了一声，忍住没笑。实话实说，依我看，就算几乎没怎么观察你俩的样子，我都能一眼看出她绝不是某个普通的女性朋友。不过我还是告诉你，我根本没往心里去，这与我毫不相干。某种程度上，我甚至因为你觉得我重要到需要前来解释而有些受宠若惊，但与此同时，我还觉得同情你，因为你也是如此看重外表，和其他人没什么两样。出于某种原因，我补充说自己有男朋友，好像这样就能解释什么似的。有一会儿，我们俩都没说话，我不禁后悔没有同意要杯咖啡，不然现在手里还有个东西可以握。

"谢谢。"你顿了顿，说道，"是这样的，我知道我们年轻时发生了一些奇怪的烂事。我不记得后来怎么就变得那么，呃，糟糕了。"

"别放在心上，"我说，"都是上辈子的事了。"话已至此，也没什么要说的了，我便找了个借口离开。我用眼角的余光看着你离开咖啡店，发现你的身影转向了相反的方向，打算去坐中央线。我望过去时，你已随着模糊的人群涌入地下通道，消失不见了。

卧室事件发生之后，我们一直没有机会交谈。我总是想到你，但已不再带着往常那因渴望而生出的疼痛。我常常心不在焉，书看到一半便不看了，却花大把的时间凝望夜空。后来高中课程[1]的成绩公布了，你考得很好，你父母骄傲地打电话给我们家报讯。我知道我父母会给你写一张支票，然后把它整齐地折起来，夹在贺卡中，也知道我们会登门拜访，当面祝贺你和你父母。我以为我到时候能见到你，谁承想等你已经动身去了爱丁堡，我才知道这个消息。况且我们也没有去你家道贺，而是由母亲将夹着支票的卡片寄

---

1 英国高中课程（A level），是英国全民课程体系，是英国普通中等教育证书考试高级水平课程，也是英国学生的大学入学考试课程。

到你父母的住处。那时我们还没有自己的手机，我也想过以咨询申请大学的名义，向叔叔，也就是你爸爸，讨要你在大学的电子邮箱，不过后来又改了主意。就这样，我再也没办法和你说话，可是又好像松了一口气。再说我也不知道会和你说什么。

几个月后，我发现母亲坐在餐桌旁，双手抱着头。我赶忙奔过去，她却抬头看着我，露出愤怒的眼神，问道："你怎么能干出这种事来？"

原来，你把事情告诉了一个朋友——那间卧室的主人——跟他讲了我们是怎么去他的房间的，并对那里发生的事做了一番极尽添油加醋、与事实不符的描述。你朋友告诉了其他男孩，他们的父母我父母都认识，其中一个男孩的母亲，也就是一位婶婶，偷听到了。她命令自己儿子交代所有他知道的细节，接着又先后给你的母亲和我的母亲打了电话，然后一切便突然乱了套。

接下来的几个月里，所有人都在谈论我们的丑闻。我不知道你从爱丁堡回家时是什么情形，也不知道你向父母说了什么，又是怎么解释清楚的，直到米尔德丽兹那晚之前，我再没有见过你。我听到的版本是，我邀请你上了楼，并与你在你朋友的床上交缠，而不是你把我钉在门上。你可以清楚地看到，事态因此变得愈发难以收拾。

风波基本平息前，我父母有一年没在星期六的晚宴上露面，可直到今天，这事也依然没有被完全遗忘。很长一段时间里，只要我进房间，父亲就会离开，母亲则更多地用言语表达对我的失望。自此以后，我和父母发现双方都更倾向于沉默，而非喊叫，对此我非常感激。不久我便逃去了大学。据我所了解，你母亲多年来一直对我母亲愤懑不平，常常提醒她我们家要低你们一等。你母亲说，等到儿子最终想要定下来时，他们家能接受的可不是什么大路货，而是一位正派的、受过良好教育的、有一技之长的、谦逊端庄的、家世优越的女孩。言下之意，自然我是大路货，而你，完美无瑕。

⊙

我从未向卡梅伦提及此事，因为它已经过去很久了，因为它不重要，还因为它很荒谬，毕竟这一切都源于青春期一个不幸的吻。从某种角度看，整件事都很可笑，是真的可笑，所以我从未觉得这个故事会左右我的人生，成为一件重要到需要告诉我爱的人的事。

然而有时候，一想起过往这段插曲给我带来的感受，我会变得极度悲伤，因为这会让我觉得，自己是个满怀愧疚的坏女孩。有时候，我看到令人沮丧的新闻，心想这个世界居然可以如此不公，于是这种阴郁的情绪便像一团迷雾缓缓将我包围。每当这时，我便会拼尽全力奔跑。我并没有特别去想起你，不过有几次，当我独自在黎明时分，迎着严寒清晨的刺骨寒气沿着河岸跑步，不知怎么回事，我会回忆起脖颈被双手扼住的感觉，然后停下来，满怀惊讶，无法呼吸，因为（我也不知道为什么）我的胸腔好似裂成了两半。可我已经明白，停下只会让伤害加深，唯一该做的就是坚持下去，所以我更快地全速冲刺，将那些流言蜚语甩在身后。我想，从某些方面看，也许这一切也并非不重要。或者说既重要，又不重要。我还未完全想明白。

夏

一个月前，蕾姆既没有考虑清楚，也没有和安东尼打过招呼，便邀请了母亲一同去法国南部度假。自那之后，蕾姆一直在努力说服自己相信度假带上母亲不至于会那么糟糕。正如安东尼指出的那样，母亲可以帮忙照看孩子们，说不定他俩还能有点久违的独处时间。可是现在，眼看着还有几天就要出发了，蕾姆望着自己的行李箱，却发起愁来，不知带什么样的衣服才不会触发与母亲的争吵：母亲有一套严苛的标准，例如要保持端庄、不得穿无袖上衣。于是蕾姆意识到，邀请母亲度假实际上是个天大的错误，而且她其实始终都很清楚这一点，只不过一直在自欺欺人。

想到要离开家，在外面顶着热浪过七天，蕾姆便觉得不安已经悄然涌上心头。她将自己最喜欢的复古牛仔短裤丢到地板上。"妈的，假期泡汤了。"说着便走出卧室，砰地摔上门。

母亲打来电话的那天，也就是蕾姆鬼使神差地邀请她一起去度假的那天，电话那端的她听起来有些畏缩，这是母亲的常态，她住在柴郡，与蕾姆和安东尼相隔五小时的车程，在萨米出生的时候，他俩从克拉珀姆搬去了布莱顿。老实说，这个距离很是"方便"了蕾姆。常常，她们在电话里还没说两句，两个孩子中不知哪个就会扯住蕾姆的腿，索要她的关注。蕾姆对这种打断颇为感激，否则和母亲说得越久，越有可能冒出这样那样的事，导致话不投机，最后不欢而散。每次都是这样。

蕾姆也不是不关心母亲，但有时她真的不知道该说什么，毕竟她很清楚自己的生活已被小孩和混乱且丰富多彩的家长里短塞得满满当当，母亲的生活则迥然不同。在蕾姆邀请母亲去法国前，母亲又一次嘀咕自己已经有多久没见外孙们，蕾姆都可以想象她埋怨时薄薄的唇角向下的样子。她说："你总是那么忙，我都见不到你。"母亲曾不止一次讲过这样一番话，大意是她为了把蕾姆养大做出了多少牺牲，想必蕾姆也愿意为了她放弃一些东西。这类情形时有发生，当她们交谈得过于频繁，或者时间过长就会出现，怨忿好似春寒时节阴沉的雨水，浸湿了她们说出的每一个字。年轻的时候，蕾姆还会拔高嗓门反击，不论母亲说什么，一律指出其中的荒谬和不公平，不过自打有了孩子，她也没有这份精力了。

这一次，听着母亲的抱怨，蕾姆只是叹了口气。那天早上，蕾姆支付了度假别墅的押金，别墅刚好多出一间卧室，然后她就问了母亲是否想和他们一起度假。那些话完全是自行冒出来的，就像萨米的卡通片和莉拉的图画书中的对话泡泡；蕾姆过了一秒钟才意识到自己刚才说了什么。已经说出口的话悬在空中，接着一个字、一个字地爆开、消散，而此时母亲已经听到了。其实，蕾姆只是厌倦了母亲想要让她心生愧疚的言辞，急于堵上她的嘴，短暂地向她证明自己终归不是一个缺心少肝或自私的女儿。

安东尼很有耐心，不怎么介意岳母将会和他们一起度假，不过他本人肯定不会主动提议，毕竟他也知道蕾姆和她母亲之间问题重重。可等到起飞的前一晚，原本还在向蕾姆保证一切都会顺利的安东尼，此时已经变得无动于衷了。

晚饭用毕，蕾姆烦闷地坐在餐桌前，摆弄着自己的餐具。"你也知道她这人什么样子。今天还好好的，结果明天就不知道我做错了什么，怎么就惹到她了。我们为了这个带游泳池的度假房子可是花了血本，我却连泳衣都不能穿，真是见鬼了。我造了什么孽啊！"安东尼帮她收起盘子，擦拭露出的桌面。

"怪谁，是你自己问她要不要和我们一起的。"他耸耸肩，懒得继续和她说下去，有那么一瞬间，蕾姆很想抄起餐刀扎进他大腿里。但她只是假装不小心把刀掉到了地上，安东尼弯腰把刀捡起来，翻了个白眼。

蕾姆曾经试图向安东尼讲述自己的成长经历，他也确实轻轻摇头表示了同情，可她知道，他绝对无法全然感同身受，这使得她痛苦不已，耿耿于怀。她是母亲一手拉扯大的；父亲对她来说几乎是个陌生人，从她出生直至他去世，每年中有九个月，他都要远赴中东的石油厂工作。蕾姆曾尝试解释过："这不单单是衣服的问题。"但接着，她又费尽心思，想要去表达自己感受到的那种空虚感，因为她找不到任何一个戏剧性时刻来帮助她理解这一切；也没有哪一次的创伤曾粗暴地伤害她，或能解释为什么事情变成了这般境地。非要形容的话，她们之间似乎有某种东西一直是断裂的，如此而已。有时蕾姆会想这些是不是自己臆想出来的，总归是一些小事，她告诉自己。可那是很多很多的小事，多到都数不过来了，日积月累，最终形成了一个庞然大物。到头来，令她无法释怀的正是那些细碎的小事。蕾姆已然明白，不论她们之间到底存在着什么不愉快，自她孩提时代起，那些不愉快就一直在那里；在她们之间，错误的频率发出低沉的不和谐之音，轻轻哼唱着，像一首摇篮曲，只不过走了调。

小时候，每次蕾姆的 T 恤不小心跑上去，露出一小片茶色肚皮，母亲便愤愤然抓住她的 T 恤使劲往下拽。等蕾姆到了青春期，母亲又不准她穿运动紧身裤，认为莱卡的面料过于贴肤，会把蕾姆小腿和大腿的曲线暴露给喜欢看小腿和大腿的男孩和男人们。"遮住你的屁股。"她责备道，而听到母亲大声说出如此粗俗的字眼，蕾姆会不禁打个哆嗦。大学第一个学期放假后，蕾姆回到家中，结果母亲在一袋要洗的衣物里发现了一件黑色露背装。几天前的晚上，蕾姆曾穿着它去跳舞：辩论实践研讨班上的一个男同学靠在她背后，亲吻了她的左肩，两人随着节奏布鲁斯音乐摇晃身体，他的嘴唇轻轻划过她的肌肤，温热的手指撩起她的秀发，去触碰她锁骨上柔嫩的凹陷处。蕾姆忘记自己把这件上衣和其他脏衣服放一起了，只好装作它是闺蜜伊莫金的，可母亲脑子很灵光，不相信她的话，于是整个假期里，蕾姆不得不上缴手机，由母亲来搜寻证据，看她是否有出格行为。

蕾姆变得偷偷摸摸的：藏起聚会时拍的照片；将爱上她的男孩们递来的纸条安全地夹在各个厚重的课本中；给自己的笔记本电脑和手机设置密码；放长假的时候，将比较暴露的装束放到伊莫金那里，穿的时候再找她要。母亲的电话一天要打来好几通，大部分她都装作没听见，即便如此一来，电话最终接通时情况会变得更糟。最后一学年开始前的那个暑假，她对母亲说，需要回学校图书馆再读一点东西，实际上却搭火车去了伦敦，和学校同一栋宿舍楼的一个男生待了一天，两人在摄政公园一棵少有人至的树下亲吻了几个小时。保守着这样的秘密让她备感刺激，同时也让她怀疑自己是否果真像母亲一直说的那样，自私自利，品行不端。

蕾姆多么希望能拥有一个伊莫金妈妈那样的母亲：女儿的朋友们可以随意直呼其名；女儿晚归的时候，会在第二天做好早饭，并在吃早饭时跟她讨论女性主义之类的话题；而且还总是称赞女儿。"但我是你的母亲，指出你的缺点是我的责任，"蕾姆的母亲喜欢这样说，"我得把这些告诉你，这样你才有可能提升自己，毕竟别人是不会跟你说的。"多年后，母亲试图劝她不要嫁给安东尼，于是大叫着说蕾姆不仅让她蒙羞，而且会被安东尼抛弃，毕竟和英国男人结婚的下场都是这样。最后母亲妥协了，但那只是因为怒火中烧的蕾姆说如果非逼着她在安东尼和母亲之间做选择，那她会做出自己的选择的，她还说，实际上，她父亲不是也在他还活着的时候便离开了她俩吗？闹到这里，母亲不再坚持了，大概是想明白与其彻底失去蕾姆，还不如保留些许联系，否则别人问起来更不好解释。

很久之前，蕾姆在一本女性杂志上看到，母亲与成年女儿之间的关系会因为后者怀孕而大大改善，她怀着萨米时也曾幻想过这样的事情会发生在她身上。她读到过这样的故事，故事里，强硬的——那些文章则用"有毒的"这个词来形容她们——母亲们会在成为外祖母的瞬间软化下来，像沐浴在阳光下的冰激凌球那样。然而蕾姆和母亲仍旧纷争不休，一开始是为给萨米取名之类的小事，后来则是为一些更重要的事。有一次，蕾姆说他们不会给头部柔软的新生儿理发，结果母亲几个月都没有和她讲话。莉拉出生后，蕾姆要照看两个小孩，分身乏术，再加上搬到了布莱顿，拿孩子做借口更加顺理成章，渐渐地，她们中间那本就受损的淡薄联系变得愈加摇摇欲坠了。蕾姆常常觉得母亲远在另一个世界，尤其是在父亲去世之后，她逐渐明白，她们二人之间没有太多羁绊，只有一片空当，一团塞满了无数个误会的空气。

蕾姆看到了在值机柜台等待的母亲，她们约定在此碰面。母亲看上去很利落，好似一件整洁的包裹，穿着一尘不染的白色运动鞋，海军蓝慢跑裤和蓝白条纹长袖上衣，头发拢到脑后，低低地挽成一枚小小的圆髻。她的一只胳膊上搭着一件米色开衫，身边立着一个棕色小行李箱。距离蕾姆上次见她已经过去六个月了，当时他们在家里为萨米的四岁生日举办了一个小派对，母亲留下来过了周末。那次她们也发生了争吵，因为母亲脱口而出萨米更喜欢奶奶而不是自己，并暗示这全拜蕾姆所赐。蕾姆当时涨红着脸说道："那你怪他吗？"此时，蕾姆觉得站在机场的母亲似乎苍老了很多，是那么地弱小，那么地无害。霎时间，蕾姆的喉咙哽住了，呼吸顿了顿，她感到不知所措，还有一点羞愧。

母亲转过身来。蕾姆挥了挥手，然后指着母亲的方向说："看，外婆在这儿。"萨米和莉拉朝母亲跑去，母亲则缓缓蹲下，双臂张开。她面带倦色，可当她将萨米和莉拉紧紧拥在怀里、一遍又一遍亲吻他们小小的粉色脸颊时，她的神色却柔软了下来，脸庞也亮堂堂的。孩子们像小奶狗一样偎着她蹦来跳去。想到自己在他们中间刻意隔开的距离，蕾姆仿佛被愧疚捅了一刀。安东尼看向蕾姆，说："嘿，别这样嘛。我们会玩得很开心的。瞧他们多高兴呀，对吧?"蕾姆拖着一件行李箱，点点头。

上了飞机，萨米和莉拉分别坐在母亲两旁，三人正好一排。蕾姆问："妈，你确定这样可以吗?"她本来准备自己坐在两个孩子中间。莉拉三岁，还离不开她，有时哭闹起来只认蕾姆，连安东尼都会推开。母亲却挥手让安东尼和蕾姆回他们自己的座位——向后走三个过道。"你们俩歇歇吧，"她说，"我来照看他们。"母亲给两个孩子各准备了一本杂志，封面上是他们最喜欢的电视节目角色，还有一小铁盒的柠檬糖，免得起飞时他们耳鸣。"妈，谢谢你。"蕾姆说，她是发自内心地感谢。

她们之间经常这样。每回去看母亲，前几个小时总让蕾姆相信她们的关系完全没有想的那样糟糕。每一次，在重新相聚的最初几个钟头，她都会想象着将过去抛至脑后，给母亲送花，带她去电影院，给她惊喜，在豪华水疗中心定好位置，带着母亲一起去。她坐在靠窗的座位上看着母亲的深色发顶，她小小的头在两个孩子间转来转去，隐约可以听见她嗓音轻柔地哄着他们。那一刻，她为自己将母亲想得如此不堪而感到很不好受，这种感觉之前也出现过，比如每次收到母亲给孩子们邮寄的礼物的时候，再比如她每回看见孩子们听说外婆要来，脸上露出兴奋表情的时候。她思索着母亲在别人眼中是什么形象：一位瘦小、贴心、深爱孙辈的外祖母，却不得不看着独生女儿以及外孙们住到离自己很远的地方。蕾姆真心希望她们能够安稳度过接下来的七天，不争吵，别闹崩。

"肯定是因为太阳，"安东尼用手臂环住蕾姆的腰，在她耳边笑着说道，"错不了，我跟你说。纯粹是因为北方的气候把你母亲变成了一只吸血鬼。太阳照照就好了。"蕾姆用胳膊肘推开他，让他闭嘴，自己却笑起来。诚然，假期前三天相安无事，蕾姆简直不敢相信。

他们住的别墅方方正正，墙壁粉刷得雪白，位于尼斯东边一座山坡上的小镇，俯瞰着卡普费拉。别墅光照很充沛。几乎每个房间都能欣赏到波光粼粼的海面，大海静谧而湛蓝，就像孩子们画的海报。楼上每个卧室都带阳台，挂着一串串令人惊叹的粉色九重葛，像指甲油一样鲜艳。火辣辣的太阳继续每天高悬天空，不过孩子们因为奢侈的大花园和院内泳池乐昏了头，没有像在家中那样抱怨不舒服——布莱顿夏天时海风味道很重，闻上去油腻腻的。这里甜蜜的花香萦绕不散，如影随形，仿佛美好的祝颂，轻抚着他们晒黑的肩膀。

孩子们不断寻求她的关注，母亲心情很愉悦。抵达的第二天一早，她出门散步，走了几分钟碰巧发现一间小面包店。她很快便回来了，有点上气不接下气，问她能不能趁人行道还没变得太烫带孩子们去店里。等他们仨回来后，全家一起享用了新鲜松脆的牛角面包。第三天早上，母亲再次牵着萨米的手，把莉拉放入婴儿车，用带子绑好。他们出门的时候，依偎在彼此臂弯中的蕾姆和安东尼还没起床。"看，"安东尼亲吻蕾姆的头发，轻咬她的脖颈，"我早和你说过，会顺利的。"

一家人驱车来到镇上，母亲带着萨米和莉拉走在前面，指向停在港口的游艇说着什么，蕾姆和安东尼手牵手跟在后面。洁白的沙滩上，母亲把裤脚挽到膝盖上，驻足凝望着闪耀的大海，脸上的皱纹柔和下来。蕾姆不止一次想问她在想什么，但始终没开口，毕竟她们从未那样说过话。蕾姆觉得母亲似乎已经很久没有这么开心过了，这让她感到更加内疚，仿佛她很久以前就该邀请母亲一起出来度假。临睡前，蕾姆从长长的裙子里挣脱出来——这条裙子是肩带款，里面她还裹了一件 T 恤——说道："我会邀请她来布莱顿待几天，看在孩子们的分上。"

大多数晚上，打发两个孩子上床后，母亲执意让安东尼和蕾姆单独出去吃，并且表示自己可以用冰箱里的食材做顿简餐。蕾姆和安东尼没有拒绝，于是在港口温馨的海鲜餐厅里过起了二人世界，每吃一口，放下刀叉的手便彼此交握，头顶上是发光的彩灯和摇曳的烛火。他们上次这样还是好几个月前。

然而，若想维持表面上的和平，依然需要付出一些努力。为了避免一切不必要的批评，蕾姆得确保自己穿衣谨慎，比如选择长款的半裙，里面配上宽松透气的上衣，将上臂以及锁骨以下的皮肤遮住，不过，她收拾行李时还是带上了短裤，渴望感受金色太阳直接打在肌肤上的温暖。母亲会时不时假借关心之名提出一些小小的意见：通过评价孩子们的举止，来反映蕾姆做母亲的失职；说安东尼花钱大手大脚，表示他靠不住；担心莉拉在太阳下待久了皮肤会变黑。有时她还会冒出一些看似完全出于好意、实则故意戳中蕾姆痛处的问题：你怀孕时增加的体重都减掉了吗？你为什么只做绞面而不考虑激光除毛呢？难道你不知道它们会随着年龄的增长而越长越粗吗？蕾姆好不容易才不去想这些小事，她提醒自己母亲一贯如此，另外安东尼和孩子们也舒缓了她的心情。绝大多数情况下，她尽量让这些话左耳进右耳出，像被孩子们蹭掉的九重葛花瓣那样无声无息地随风而逝。

第四天，中午野餐时，就着法棍和芝士沙拉，母亲和安东尼谈起了自家一个他没见过的亲戚，是蕾姆的表妹，最近刚从拉合尔搬到曼彻斯特。"这个姑娘真讨人喜欢，总是打来电话，问我想不想周末上她家去。她懂得在我们的文化里，我们要照顾老人，你明白吗？她将我照料得很好，有她做伴我特别开心。"接着她转身面向蕾姆，说："你应该邀请她去布莱顿，我把她电话给你。"蕾姆一言不发，点点头，心下明了母亲的言外之意，她是想说连表妹都比自己这个女儿做得好。

当天，等母亲去楼上打盹，蕾姆才带着孩子们下了泳池，她早就按捺不住了，常常被热气烤得受不了，却不能当着母亲的面游泳。她踮着脚溜到外面的露台上，穿着黑色的比基尼，露出了双腿、双臂和肚子，安东尼挑逗地吹了声口哨，嚷嚷着："妈妈大造反啦！"蕾姆微笑着让他小点声。

第五天，他们前往一个小时车程外的薰衣草农场一日游。空气干燥，灰尘的味道雾一般笼罩着他们。蕾姆心神沉醉，但胖乎乎的大黄蜂不停撞上孩子们的膝盖，惹得他们害怕不已。安东尼把他俩带去咖啡店买冰激凌，留蕾姆独自和母亲在广阔的花田上。两人缓步慢行，蕾姆在前领路，母亲跟在后面，在一排排一望无际的野生灌木中轻轻踏出一条路。阳光下的灌木闪闪发光，好似丛丛簇簇的宝石，锋棱射出光芒。蕾姆一只手抚着最上面的花蕾，手掌时不时抬到鼻子前，嗅着沾在手指上的浓郁香气。

"你这几天开心吗，妈?"蕾姆问道。

"开心，"母亲礼貌回复，"十分感谢你带我来。"她们继续沉默地走着。

"谢谢你邀请我和你们一起，"她慢慢地补充道，"我知道你这段时间照顾萨米和莉拉很忙，但有时我真的感觉你把我忘了。"

"我没有忘了你，妈，只是——你知道的。"

"我知道，我也当过妈妈。我现在依然是。有一天你也会明白思念你的孩子是什么滋味。如果莉拉或者萨米不再给你打电话，如果你一年只能见他们两次，你又是什么感受?"

蕾姆克制地吐出一口气，仍在前面走着。她意识到谈话转向了自己不愿面对的方向，后悔打开了话头。

"布莱顿实在太远了，妈，"她辩解道，"坐火车要那么久的时间，这也不是我的错啊。"

"我从没有说是你的错，"母亲说，"但拨个电话也不麻烦吧。我感到很孤单，不过现在我有了你表妹。瞧瞧人家是怎么做的。凭良心说，她真的很不错，还邀请我回去后到她家住一个星期。"

蕾姆不耐烦地摇摇头，咕哝道:"又开始了。"她将声音提高了些，语气也更加平淡："你已经表达了你的观点。我现在要回车上了。"

"你看看，我什么都不能跟她说。她从来就听不进去，"母亲好像是在与愤怒的蜜蜂对话，"总是这样，死性不改。""蠢丫头，又蠢又自私的丫头！"她说话的声音听起来就像是门重重关上的声音。她旋风般转过身来面向母亲，尽管有许多话要说——比如说，她已经十分努力了，再比如说，她做过的那些事情怎么都入不了母亲的法眼——可等她张开嘴时，又什么都说不出来。她只是摇了摇头，无助地耸了耸肩，然后又转过身去。蕾姆在前面走得飞快，母亲在后面努力跟着，两人的距离越拉越大。开车回去的路上，蕾姆研究着从农场拿的一本小册子，假装一切安好。只见上面写道："薰衣草不仅代表好运和忠诚，同时也意味着戒备。"她把册子揉成一团，任它掉进自己的座位下面。

第二天早上，蕾姆拽出牛仔短裤和一件绑带背心，裤子很短，大腿全露出来了，其实就是热裤，她把这一套穿在黑色比基尼外面。这两件衣服是在最后一刻才丢进行李箱的，虽然当时她并没有打算要穿。还只是早上，气温就已经逼近四十度，空调的风拳头般重重砸在她身上。她知道自己在耍小孩子脾气，照镜子的时候，她甚至可以看到镜中的那个自己露出了赌气的表情。然而她真的已经受够了。反正明天早上就要走了。

安东尼已经在楼下煮咖啡了，看见蕾姆后高高挑起了眉毛，并注视着她一路下楼，走到开阔的开放式厨房与阳台。母亲坐在露台推拉玻璃门前的餐桌旁，门外便是露台。她正和孩子们说话，教他们牛奶用乌尔都语怎么说。看到蕾姆大步走来，她先是一脸茫然，仿佛没有认出眼前这个高挑、骄傲、衣着暴露的女人是蕾姆。接着，她的脸耷拉下来，面色漆黑。

蕾姆分别亲了亲两个孩子的头顶，然后拉了把椅子正对着母亲坐下。"嘿，小家伙们，你们在这里干吗呢？"她两眼直勾勾地盯着母亲。一开始母亲没说话，过了一会儿问道："这是怎么回事？"

"什么怎么回事？"

"就这副样子，你穿的这，这些东西。"

"噢，我都穿了好多年了。"

母亲慢慢点点头。"我明白了。所以都是因为我昨天跟你说了一件事？我都不能发表自己的看法了，是吗？"

"你的看法我已经听够了。我从出生一直听到了现在。"蕾姆恨恨说道，舌尖上翻滚着恶意。

母亲将椅子放回原位。"我明白了。"她又说了一遍，然后压低嗓音，用乌尔都语说话，嘟嘟囔囔着不让蕾姆听见。

蕾姆说："说英语。"见母亲转身离开，蕾姆吼道："说英语！"应和着她的怒吼，母亲上了楼。

安东尼上前阻止她，让她适可而止，蕾姆却一把推开他，跟着上了楼。他呼喊她的名字，去抓她的手腕，蕾姆往后一缩，向他投去警告的目光，他被那眼神喝退，脸上现出惧怕的神色。

来到楼上，蕾姆一把推开母亲的房门。她瘦小、佝偻的母亲坐在床上，头埋在双手中。

蕾姆的嗓音阴晦又低沉："你总是这样。我他妈的穿什么到底有什么关系呢？我是成年人了。这辈子我没有一件事能让你满意，你真以为我在乎你的看法吗？你以为我在乎吗？你总是这样，你把一切都毁了！"蕾姆说个不停，她的话像石头一样源源不断地砸过去。母亲只是不停地摇头，然后站起身，走到阳台门前，紫罗兰色的晨光打在了她身后远处熠熠生辉的深蓝色海面上。母亲转身面对蕾姆，颤抖着声音说道："我有时候会想，我到底做了什么，为什么要惩罚我生出你这样一个女儿来？从你小时候起，除了给我添麻烦，你还干过什么？你看看你这副样子。谢天谢地，还好你爸爸没有听见你是怎么跟我说话的，也没见到你变成了一个什么样的女人。"

不一会儿，蕾姆上前一步，两只胳膊疯狂地挥舞，嗓音沙哑地吼叫个不停，又过了一会，母亲举起双手连连后退，好像一个被抓了现行的贼，倒退着穿过阳台的门，一步步靠近生锈的栏杆。蕾姆伸出手，紧紧地搭在母亲的肩膀上。母亲目露惊恐，嘴里说着什么，可蕾姆已经听不清了，血流像无头苍蝇，在她脑子里乱窜，可就在那时候，母亲失去了平衡，再次跟跄着后退。她伸手去握身后的栏杆，想稳住自己的身体，结果栏杆却突然断开，于是她擦着阳台的边缘掉了下去。蕾姆冲上前，张开嘴，却什么也没说出来。她永远不会忘记，九重葛粉色的花瓣像是悲伤的心形小纸片，慢放似的四散纷扬；她永远不会忘记，九重葛的花朵香气甜腻，令人眩晕；她也永远不会忘记，母亲一尘不染的白色运动鞋在闷热的空气中翻滚，那滚烫的空气如花蜜般黏稠。

爆 竹

今晚是我的婚礼前夜，你光着脚躺在我酒店房间的床上，懒洋洋地倚着枕头，好像你是这里的主人。你一手握着遥控器，鞋子散落在地上，皱巴巴的衣服随手丢成凌乱的一摞。我将它们一件件抖开、叠好，整齐地码在餐具柜上。

我说，你至少……！你大笑着打趣道，希望我那个你看不太上眼的男朋友，能在即将到来的婚姻中改改我这副无趣又板正的性子。我或许也跟着笑了，但说实话，我并不觉得好笑，因为我一直很厌恨你这个习惯。你散乱的漫不经心，意味着你总是随手乱丢——首饰、图书馆借的书、你的手机——我则总跟在你身后收拾。

我们终将会走到这一步。我们的友情被你散落一地，而我，不会再把我们捡回来，把你捡回来，把我们重新拼到一起。我们终究可能会忘记把我们的友情搁置在了哪里，双方都任由它从木板的裂缝中漏下去，遗落在回忆中，封存在阁楼某处匣子里装着的旧混音磁带和往来信件里。

然而今晚你依然睡倒在我床上。我伸脚，轻轻晃了下你的肩膀。我们确实曾一起度过许多重要时刻，但是今晚我想独处。好吧，好吧！你挂着漂亮的假笑，从我的房间溜回隔壁你的房间。第二天上午，你没有准时赶到我的婚礼现场，我甚至不知道你究竟是什么时候出现的。过后我会想，改变是否就发生在这个瞬间。这个你因为宿醉几乎错过了我婚礼的瞬间。这个我把你从我的房间赶回你房间的瞬间。这个瞬间，你开始失去我，我们开始失去彼此。可后来我意识到，一切早在很久很久以前便产生了变化。

我们相识于大学，同为十八岁。你是这样描述那段经历的，当时你站在我房门口，说啊说个不停，我为了让你闭嘴，不得不邀请你进来。你告诉大家，说我们聊到深夜，最后你直接睡在了我房间的地板上。这一点与事实不符，但很早之前我便放弃纠正你了。

实际上，是你每次总赖着不走。信不信我现在就把你丢出去！我嘴里喊着，把你的围巾或套头针织衫朝你脑袋扔过去，你则咯咯笑着躲闪。就这样，你给了我从未拥有过的兄弟姐妹的感觉：虽然讨厌，却也同样可爱。

读大学时，我常常要拾起你一天中遗落在我房间的所有东西——开衫、发箍、眼线笔、润唇膏、一沓旧杂志——然后在你睡着时放到你门外。有时你故意把我的书架或书桌弄乱，嘴里说，哎呀，对不起。

尽管知道你是个邋遢鬼，但我还是被你滔滔不绝的模样和谈论的内容所吸引。这也是我们一开始能成朋友的原因。你说话宛如吟诗，整个人好似柠檬气泡水，散出哗哗的轻响，苦涩，又清甜。你不在意别人怎么评价你的衣着和狂热的舞姿。你仿佛出现在梦境的女孩，长着一张甚至不怎么需要化妆的脸庞。有很多男孩爱上你，后来也有许多男人爱上你，但你装作毫不在乎。一天晚上，你决定亲吻不同的男孩，越多越好；在你看来，这仅仅是一场游戏。当时你已经在写书，而且看上去像是知道某些捷径，当然，也出于信任，我便把自己从未示人的短篇小说拿给了你看（即使你从没有向我展示过自己写的东西）。

没过多久，我便明白，你滔滔的言辞只是某种假面，因为你还有其他的棱面，脆弱的棱面。有时你显得很茫然，心思似乎不在这里。有那么一两分钟，我感觉你在独自出神，仿佛进入了其他频道，大脑中似乎另有一场对话。我说：嘿，想什么呢？你眨眨眼，摇头微笑，事情总是就此打住。

你无意间提起过父母，说自己很尴尬，像一件父母被迫继承的家具，他们不想要，却又不能处理掉。你在学校惹了麻烦后，父亲对你彻底失望，说你是惹事精、败家子。你告诉我你感觉自己像一片浮萍，每当这时，当你悲伤的情绪像一枚枚孤独的硬币倾倒出来时，我都会攥紧你的手，因为我知道你不会跟别人说这些，然而你的心思却又一次去了别处，令我无法触及。

你机灵、聪明，却总是逃课，并且毫不在意。你看书只看《时尚》杂志的过刊。你说不在乎学业，因为你在写一本书，而且出版界已经有人表示十分看好。对你来说，大学这几年如同间隔年一般，你逃离了父母，去放纵自己，天哪，你尝试了一切能够尝试的事物。但我呢，却很担忧我的成绩，担忧我的未来，担忧我是否明智，是否做出了正确的选择。这种时候，你会把我拉起来跳一段舞，告诉我说，你要放轻松，你的头向后扬着，手里握着杯酒。但路[1]，我想说，你未免也太放松了。

你陪我一起度过了漫长的暑假。你的话真是多得骇人，我父母也被你的健谈、美丽和蓬勃的精力迷住了。爆竹，我母亲这么称呼你。有天晚上，你说你爱羡我的人生，我不禁大笑起来，明白这肯定不是真心话，要知道，平凡的我长在郊区，而你长在伦敦，从头到脚都是定做的。但我是真的羡慕，你说，不掺一点假。

我们毕业了。我尽量表现得很淡定，毕竟你的成绩没有我们其余人好。虽然你说你不在意，但我知道

1　路（Lou）为路易丝（Louise）的简称。

你在意。

我们其他人都在为自己的将来做打算。我准备去杂志社做不拿薪水的实习生，因为我最终想成为作家，也许能挣到钱的那种；我俩都想以写作为生，我便主动提出把我认识的人介绍给你。你却说另有打算，与上大学之前你就在写的那本书有关。你的两颊在发烫，你的肌肤在发光，你说你还不能向我透露更多信息，但你一定会成为作家，你的书一定会出版，你的名字一定会印在书上。我相信你，我对你说，我真的相信你，即使当时你连一个字都没给我看过。

你坚持要我在实习期间住进你父母在西伦敦的公寓，一想到我俩"过家家"的场景，你便尖叫起来，像个小孩子。你父母不在，所以刚开始我感觉住在这里很有趣，好似无忧无虑的假期，只不过白天的实习实在是漫长又枯燥。无偿帮人干活很令人懊丧，夜晚我便在网上搜寻有薪水的工作。夜深了，我还在申请报社的助理岗位，撰写求职附函，草拟给编辑们的电子邮件。最初，你放我独处（此外，你还告诉我你在写书），但很快你便开始频频打扰我。出来尝尝冰激凌！我们吃比萨吧！你要么这么说，要么说，跳舞吧！我想跳舞！你不敲门，你从来不敲门，你的这些提议总是在深夜发出，可我已套上睡衣，你则身着滑稽古怪的套装，双眼亮得灼人，整个人好似在燃烧。我说，我在努力找工作呢，路，我有事要忙。每当这时，我便很生你的气，心里忍不住想，你有病吗？你今年多大，五岁？不过最终你放弃了。你把我的房门关上，一句打圆场的话都没说，什么乱也没添。

身居同一屋檐下的我们碰面的次数却越来越少了。有时你一连消失好多天。还有些时候，你杳无音信，等我收到你的消息后，我却不太明白你在说什么，这些信息古怪且疯狂，我觉得都是捏造出来的，却拿不准：我在巴黎！正在寻找一只猫！我为了买顶帽子去了趟卡姆登[1]！我这会儿在一个男人的床上为书写序言！

你一个星期最少要弄丢三次钥匙。你的情绪时而高涨，时而低落，宛如季风暴雨。我无意中听到你和父母在电话中争执，尽管事后你神色阴沉了下来，

1　卡姆登（Camden）位于伦敦市中心北部，著名的卡姆登市场也位于此地。

尽管我试图告诉你你还有我,你依然装作什么都没发生一样。有天晚上我撞见你蜷缩着倒在地板上哭泣,身带瘀伤,可即便如此,你依然没有告诉我出了什么事。

大学时,其他朋友一直说你行为出格,因为你会对陌生人引用莎士比亚的名言,会在凛冬戴雏菊花环、穿夏装,还因为你的脑子会开小差,不过我总是维护你。她并不奇怪,我常说,只是充满诗意,有创造性。不要再议论她了。

我始终欣赏你从平凡生活中发现智慧与美的能力。但现在你的情绪很强烈,让我头晕目眩,因为我不知道你到底怎么了,因为你总是砰地关上窗户或门,或把自己锁进浴室,却不告诉我这是什么意思。你不愿再和我们其他的朋友碰面,我只好在他们面前替你找借口。他们问你近来还好吗,我不知该如何作答,只好叹了口气,说,艰难时世[1]。他们问你有没有找到工作,我摇了摇头。其中一人说,说实话,我从

---

1 原文为 Hard times,与英国作家查尔斯·狄更斯的作品《艰难时世》(*Hard Times*)书名相同。与此同时,这一词组也可直译为"日子很不好过"。

一开始就没搞明白为什么你俩能成为这么好的朋友。

那段时间，你的公寓里一片狼藉。用狼藉来形容都算是客气了，得用污秽来形容。我实习完回来，进门将窗户一扇扇打开，为你收拾床铺。大学时，这也是你魅力的一部分：头发不梳，一件又一件复古服饰搭在椅背上，浪漫极了。可此时在现实世界中，这是任性、懒惰的表现。这叫自由放任主义，你说这番话时，我正手握吸尘器围着你转。正为你洗碗刷盘子，替你洗衣服。我很感激能有个落脚的地方，但也对你这样的生活方式感到愤怒。

我问你的书写得怎么样了，你告诉我就快写完了。

我在报社找到了一份薪水优厚的工作，而且我遇到了心仪的人，需要过正常的日子，需要空间，需要住在一个干净的地方，于是我想自己租个公寓。可我甚至会因为这个念头而深感愧疚，愧疚的程度远比你所能想的还要深，仿佛我把你抛下了似的。但我开始痛恨和你同处一室了。那滋味难以忍受，像味道浓烈的香水，让我的胃抽搐不已，让我的头刺痛难当。我只能搬走。

几年后我看了部电影，讲的是一个北伦敦的年轻女人死在自己的公寓里，三年都无人发现，结果我做了几个星期的噩梦，梦里那个年轻女人竟是你。

虽然我也恨自己这样对你，可你父母回来时，我还是搬走了。我不知道你是否会原谅我将你留给他们。你注视着我打包行李，愤怒之情溢于言表。再见，希望还能常见面，你漠然撂下这句我俩都喜欢的某部默片电影的台词，关上了门。

没了与你单独生活的压力，我们奇怪的友谊也不再热络，像仲夏时分迎来的一场雨，让人松了口气。我们之间产生了一个空间，它一开始空空如也，后来逐渐拓宽，最终能够容我们重逢。

我给你写了一封信，告诉你我已不堪重负，但也同样告诉你我想念你，我信赖你，我关心且担心你，毕竟你已经疏远了我们那么多的朋友，我不希望你也疏远了我。收到信后，你给我打了电话，我虽然当时在工作，但还是立马接了，因为我早就希望你会打电话，而且我知道你会打。你一开口便爆发出彩虹般的笑声，然后说：看看我俩！像一对老夫老妻！你又笑了几声，于是我也跟着笑，接着你吸了吸鼻子说，真抱歉，成了你的噩梦。你说你仔细想了很久，发现问题出在我们不再一起做事情了，于是我们做起了各种各样的事情：跳舞、看电影、喝鸡尾酒；虽然我们花了几个月才找到属于自己的节奏，但有一段时间，我们似乎重新回到了大学时代。

我现在有自己的住处了。第一次来做客时，你伸出一根手指划过壁炉台，嘴里发出玛丽·波平斯[1]式的哼声，惹得我俩都大笑起来。你经常来我家，依旧每次都磨蹭到很晚。你瘦了，我便给你做螃蟹，烤和我们头一样大的土豆，你说啊说啊说，我们笑啊笑啊笑，尽管我一直打算与你面对面好好谈一谈，谈一谈我和你住在一起，你却显得很崩溃的那几个月。可这样的周末又让我安心，觉得你没问题，不迷茫、不孤独，或者说没被抛下。

有一回，你在我家搜刮冰箱时说你有时候觉得自

1　电影《欢乐满人间》(*Mary Poppins*)里会魔法、温暖活泼的女主角，是一名保姆。她有一句可以化逆境为好运的咒语——"超级霹雳快乐得不得了"。

己冻僵了，简直动弹不得。你正在看心理医生，正在黑暗中寻找出路，你随口便透露了这些信息，接着却说我家没牛奶了，然后又把话题拉回来，谈到了我正在约会的男孩，调笑我说他像个青少年，还问他接吻技巧怎样这种离谱的问题。我朝你脑袋丢了个靠垫，你则一边冲我吐舌头，一边朝折叠沙发床走去。

每次你离开之后，我都能发现你落下的东西。一张皱巴巴的火车票，一瓶香水，一柄梳子。你好像是有意为之。

我们步入了三十岁。我最近刚订婚。

你真的爱他吗？你问道，语带一丝厌恶。我说我爱，于是你催促我多说一点，我却对此守口如瓶，因为我知道你虽然和男人睡觉，但不爱他们，而我不想让你觉得自己受到了指责或落了单。你和我开玩笑，说我要结婚了，要生孩子了，要搬去郊区了。我听凭你调侃我，然后问你会不会安定下来，如今是否有可靠的伴侣。你笑得差点把咖啡喷出来，说自己终身不嫁，最多和哪个男人有婚外情，然而你说起话来隐含悲伤，我便不再提起这个话题。

第一次与他——那个后来向我求婚的男人——见面时，你外穿圆点裙、内搭挺括的衬裙现身，像是来参加化装舞会；你的语速迅疾，令人想到卡通片里的角色。后来我问他对你印象如何。他笑了笑，说你有点疯，像一阵旋风——人们经常这样评价你。反正就是绝对不会把你俩联系到一起，他的喊声从厨房传来。我也笑了笑，可以想象，你肯定也是这么看待我和他的。

然而，几个月后你满腔热情地参与了我婚礼的筹备工作，我特别吃惊，要知道，我甚至没有请你来帮忙。我不准备办婚前派对，你却强行给我办了一场，带着前所未有的热忱，像个高兴坏了的小女孩。我没拦着你。你把我爱的朋友们像花一样聚到一起，她们有的也曾是你的朋友，但后来和你断了联系。同她们在一起时，你表现得好似自己从未疏远过她们。餐厅被你用小彩灯和薄纱帘装饰着，一切是如此地戏剧化，是那么地美好，我深受触动，流下了眼泪。你在我耳边低语道，我就是想为你做这些。这么说也许会伤害你，但老实讲，我之前认为你不可能办得成这个派对。

　　尽管如此，几周后，在我的婚礼前夜，你在酒店房间里依旧醉得人事不省，最后几乎错过了婚礼全程；从那时起，我便真的开始想弄明白你这个人到底是怎么了。

　　等我度完蜜月，你出现在了我家门口，带了鲜花和一篮饼干，发间缠着一条网眼饰带。只有花和饼干，但老天啊，你错过的可是我的婚礼，我却依然原谅了你。我原谅你，因为我觉得你可怜。但也因为我在乎你。你告诉我你不知道自己为什么要那样做，事情不受你的控制，你当时喝酒是因为有点悲伤，感觉再次冻僵了。你说，冰正在融化。

　　我原谅了你，因为我期望你的境况有所转变。我期望你有看重你的父母，我期望你感受到了爱，我期望那本你告诉我们所有人你在写的书有了新进展，老实说，我认为最有可能拯救你的，就是那本书。我原谅你，因为你还是那个你，那个你曾把我迷得要跟你交朋友，曾站在我的房门口，不断说着那些奇妙的、难以置信的事。

但随后你没入了黑暗。可做的事情有那么多，你却消失不见，没入了黑暗。你把座机关掉，手机也关了机，我完全联系不上你。我想起电影中的那个年轻女人，她有许多朋友，却也没有朋友，死了好几年都没被人发现。现在，历经了那么多以后，我开始相信那样的事情也许真的也发生在了你身上。

一个又一个星期过去了，你突然再次回到我面前，仿佛什么都没发生。我大发脾气，你却打趣我，用唱腔笑我庸人自扰。你告诉我你在为你的书做研究，我知道这是一个彻头彻尾的谎言，因为过去的十二年中，每次我问到那本书，你都没办法透露半点信息。

你把手机开了又关。我不知道你在哪里。

⑧

我有孩子了。我时常想起你。

我请你过来吃午饭，毕竟我有七个月没见你了，上次见面时我告诉你我怀了孕，孩子出世以来我便没了你的音信，只在他出生的第二天我给你发了一张照片后收到过你发来的一条写着"祝贺！"的短信。我丈夫问，你确定想要她来吗？我说是的，因为我有种感觉，我如果不叫你来，可能就再也不会见到你了。

我们都有那种朋友，那种可以几个月不碰面的朋友，可他们踏入房门之时，我们却发现时间好像一点也没有流逝。我们都有那种让我们感到踏实的朋友。但你不属于那类朋友，你进我家时，并没有带来这种轻松、舒适、默契的感觉。

这是一顿别扭的午餐，平淡得让人感到别扭。你现在有了工作，在某个科技创业公司做助理。由此我推测，即使你真的动过笔，那本书也根本没出版。你说起话来特别客气，好像一直在忍着，没有自作聪明地抛出某些犀利评价，说我已然沦为家庭主妇、胸脯上粘着个婴儿，还有了个整洁的三室之家。你抱了我的孩子，他揪掉了你的项链，然后你把他重新交给了我。

我希望自己可以说，曾经出现过某种戏剧性事件，我们曾在中午坐下来吃千层面时起过争执，哪怕只是为了搞清楚我们的友谊如何从一段全情投入的经历退化为我二十多岁时的一抹记忆。哪怕只是为了弄明白你怎样从一个总是赖着不走的家伙，一个被我推出门才肯离开的家伙，变成了某个我不知何时碰巧认识的人。

我给你发信息，感谢你来，但你根本没有回复。我想你也许手机丢了，于是后来在圣诞节给你寄了一张贺卡，在你生日时又寄了一张。其间我发过电子邮件，没有多说，只是简单问了问你怎么样，可你完全没有回应，所以我也不再发了。但我不生你的气。我很理解。我承认，时光已然流逝，我们发生了改变，而现在只剩一片空无，我们没留下什么要说的，因为该说的都已经说了，我们之间没有留下只言片语。

你最后一次过来时遗落了一条项链，仍然像从前那样丢三落四。项链上有个字母，只不过不是你名字的第一个字母。我不知道是谁的。你身上有不少令人费解的未解之谜，这便是其中之一。有段时间，我将项链装进一个小信封，稳妥地放在抽屉深处，准备等我再次见到你时还给你，但我在某天收拾时却把它拿出来捐给了慈善机构。

直到后来，我才记起项链为什么会放在抽屉里。

做果酱的人

从没碰到过这样的夏天。

村里的每个人都是这么说的，说这番话时，他们刚好顺路来到我家那栋小屋，和我母亲一起围坐在厨房的餐桌旁，默默地表示哀悼，同时送上一份薄礼聊表心意：一锅烩菜、几瓶牛奶、几条面包。我甚至记得去年那场阴郁潮湿的雨，那场雨下了一整个夏天，下到母亲流起了眼泪，绝望地对父亲说：天大地大，你为什么非要来这里？可今年的夏天是崭新的，仿佛一套瓷器茶具，方方面面很完美：头顶上，是一望无际的晴朗天空和耀眼的骄阳，身旁吹来一连串平和的微风，吹凉了燥热。到了下午，慵懒的白云好像拉长身子的猫，在天空中翻滚，投下一层薄薄的影子，继而消散，让阳光一直照耀到夜晚降临。要不是父亲死了，这本该是一个完美的夏天。

父亲去世的那天下午，他还带我去了十字牧场摘草莓。当天是星期日，只有这一天他的诊室才歇业。父亲总是和我一起过星期日，因为母亲天天抱怨架在低矮房顶上的深色房梁弄得屋里尘土飞扬，她更喜欢待在家里清扫我们的小屋。为了方便洗刷窗户、扫除幽灵般盘踞着墙角的蛛网，母亲总是像轰小鸡一样把我们赶出家门。不过这样一来，有好几个小时，父亲和我都能想做什么就做什么。星期日，我们有时会在树丛中漫步，或者下到池塘边，沿途他会教我怎样分辨白蜡树和橡树，指出哪些蔓生的野黑莓可以摘下食用，哪些最好不要碰。还有些时候，我们会驱车一小时去伯明翰吃炸鱼薯条，下雨的话就看一场电影。但在一九八五年七月月中的那个星期日，他去世前的几个小时，我们去摘草莓了。

挑最鲜亮的！父亲一边眨着眼睛说，一边一下子将几颗草莓塞进嘴里，我也有样学样，品尝着混合了泥沙的鲜甜草莓，由于蹲在干燥的土里搜寻最诱人、最饱满的草莓，我两片小小的膝盖上沾满了尘土。等我摘累了，父亲便将我扛到肩膀上，当时的我感受到了某种情绪，以后我才知道那就是满足。后来，我向母亲坦述父亲去世前几个小时留给我的这段金色回忆，她带着几分嘲讽说道，因为你崇拜他，所以只记得这些好的零碎。自那之后，我再也没有同她谈论过往昔。

那天下午，我们带着三满筐草莓回到家，母亲一边上下打量我们父女俩，一边盯着我那沾着泥巴的膝盖，说：怎么摘了这么多？父亲像捧奖杯似的举起装得满满当当的硬纸板筐，洋洋得意地回答：我们一人一筐！母亲还是摇头：会坏的，放不住，根本放不住。

父亲和我在园子里把草莓当午饭吃，母亲不愿加入，自己做了一小碗热乎乎的兵豆。电话响起，果不其然，是一位患热伤风的病人打来的，想请父亲出诊。对于病人的搅扰，父亲从不抱怨，母亲却每回都得抱怨他们占用了他多少时间。比如，她会说：整天在诊所里忙就算了，可就算你回家了，他们还是不消停，或者是，明明都是些小问题，他们却动不动就打电话喊你。和父亲不同的是，她从未用英语说过。这种话她总是用自己的母语说。

父亲返回园子，拿一张餐巾纸揩揩嘴角，亲了亲我的头顶，宣布他要出门了。他停下来吻了母亲的脸颊，不过她没看他，然后他便离开了。母亲说：我又能怎么办？她朝我们那些堆积如山的红宝石色果子叹了口气，下午剩下的时间都待在厨房里，把草莓去皮、切碎、加糖熬煮，满是怒气地一遍遍用母语嘟囔着，明明还有一百零一件更重要的事等着她去做。我站在门口，看着她把它们一个不留地全部剁碎，为新鲜草莓很快便不复存在而暗暗难过。我徘徊着，拿不定主意是否要上前帮忙，因为哪怕我的本意是好的，她也经常冲我发火。可后来她发现我在看她，原本严肃的脸变得柔和起来，然后冲我说：过来！

我赶忙跑去她身旁。草莓果肉被我们搅拌得越来越稠，冒起了泡泡，有那么一瞬间，我仿佛置身童话世界，母亲流露的几分温柔施展出了一种罕见的魔力。她一只手插进筐子里剩下的草莓中，说：你看，已经软透、坏掉了。听她说话的语气，我不知道她是在惋惜还是在怪我，怪我一开始就不应该把它们摘下来。她继续剁，我继续搅。她的头时不时朝平底锅的方向一摆，用母语厉声说着，小心，看着点，别糊了，或者下达其他类似指示。锅里的汁水稠得几乎要凝结，变成黏稠的深红色，冒到表面的泡泡越来越少，似乎下面有什么东西把它们绊住了。看，她说，快好了。我注视着母亲把糖一勺、一勺地倒进去，像一小团、一小团逐渐隐没不见的烟尘，这期间我们俩什么也没说。

那天出诊回家的途中，父亲的车撞上了另外两辆车和一片矮树篱。拔丝棉花糖一般的甜美香气在我们家的小屋里萦绕数天不散，可我父亲的心脏已然停止了跳动。

✿

虽然从很多方面来说，父亲都算是村里的外来者，但大伙都知道他，也挺喜欢他。父亲是当地的医生，仿佛每个人都找他看过病，不管我们走到哪里，人们总会停下来打招呼，和他握手。父亲和巷子里所有的邻居交朋友，隔着园子的门交换果树的嫩枝，邀请他们中的一些来家里喝茶——这可要给母亲添不少麻烦。走在主街上，他会停下脚步与每一位店主还有认识的客人谈话，关心他们的家人以及他们身体上各种各样的小毛病。我现在还保留着他备受大伙喜爱的证据：大家送来的慰问卡被我搜集后存在一个饼干罐中。但母亲总是说卡片毫无意义，英国人才做这种事。

· · ·

一次，父亲开了一个多小时的车，从伯明翰一家大型百货公司为母亲买了一条迷你短裙。他哄着她在家里试穿一下，母亲双颊绯红，双手搭在胯骨上，在走廊的镜子前左照右看，我和父亲拍着手，说太美了。尽管如此，她还是飞快地换回了宽松的上衣和裤子，让父亲和我不要犯傻了。

有时候母亲从学校接到我后，会带着我走去父亲的诊所，把我丢在那儿写作业，然后她回家自己待着。我常坐在黑暗阴冷的接诊室，翻开书本，闻着房间里那股混合了桑葚味道的雨水气息，等待父亲结束一天的工作。某天下午，我发现父亲的接待员帕蒂小姐穿的裙子，母亲有条一模一样的，就是父亲为她挑选的那条。真是好巧呀，我想。下午在父亲诊所时，帕蒂小姐给我拿巧克力饼干吃，要是没有病人，她还会打开收音机，在接诊台后面又唱又跳，那摇曳的身姿令我惊叹。

有些晚上，吃过晚饭，父亲会步行到一箭穿心酒吧见板球俱乐部的朋友。他说，对板球的热爱流淌在我们的血液中，不过母亲对此格外抵触。他第一次去的时候，她生气得把家门上了锁，还插了门闩。他百般恳求她放自己进去，直到他高声背诵起她最爱的诗人菲兹·阿里·菲兹[1]的对句来，母亲才放他进去。她催促他赶紧进来，用他俩的母语问，你是不是疯了，快住嘴，想让邻居们看笑话吗？

有些星期日，父亲恳求母亲放下大扫除，和我们一起到树林中、池塘边散步，或者去外面吃午餐，母

1　菲兹·阿里·菲兹（Faiz Ali Faiz），巴基斯坦著名歌手。

亲却总是一口回绝，渐渐地，他发出的邀请越来越少，间隔的时间也越来越久。有一次，我和父亲正准备出发去伯明翰看电影，他小声对我说道：我们邀请帕蒂小姐一起去看，怎么样？我十分喜爱帕蒂小姐，她的指甲涂成了红艳艳的浆果色，有一头洋娃娃般的浅色头发，灿烂的笑容也像洋娃娃，于是我说：好啊！父亲把车停在她住的那栋两上两下小楼外面，我爬到后座，帕蒂小姐跳上车，车里充满了春日的气息，到处都是雏菊和毛茛的芬芳。到了电影院，她坐在父亲和我中间，时不时凑过来碰到我的头发。结束后，我们把帕蒂小姐送回家门口，她转身抛了个飞吻，眨眨眼，朝我们挥手。父亲转头看向我，手指贴在嘴唇上说：我们别告诉阿妈，好吗？

在那样的星期日，每当父亲和我回到我们的小屋，母亲的情绪总会变得更加阴郁。将小屋刷洗干净后，她会盘起腿，坐到她和父亲的双人床正中央，拨通打给姐妹们的长途电话。有一次，我无意间听到她用母语和我未曾谋面的阿姨们说话。虽然对母亲的母语一知半解，不过我想她说的应该是：我的心这里，好疼。

父亲去世数周后，某天下午，母亲宣布我们要搬到城市另外一边的一个镇上。我去过这个镇，每隔三个月，父亲都得开车载母亲去那儿大采购一番：香料、袋装肉、披巾，以及我看不懂名字的电影卡带，都是她心心念念的东西。我们走进一家家商店，一间接一间，里面无一例外都弥漫着一股行李箱里的味儿。母亲最心仪一家布料专卖店，往往一待便是几个小时，左一卷右一卷地拉开鲜艳的棉布和丝绸，一边还在和人讨论做成上衣绣什么花样合适。我坐在地上，捧着店主给的汽水，父亲去外面抽烟，或者在车里等她。

母亲到了这个镇上简直像换了个人。有时候，她在家里动不动一连好多天不和我们交流，父亲试图跟她聊点什么，却只能得到阴阳怪气的咕哝，碰上他俩谁心情不好，她还要狠狠瞪几眼。有些日子里，她甚至连我也不理会。但在这个镇子上她才仿佛活了过来——两颊绯红，双眸兴奋地闪着光彩，说话宛如唱歌一般。她给我买好吃的，黄澄澄的炸糖圈弄得我指尖黏黏的，我一边呷巴着嘴一边看她，好奇到底哪个才是真的母亲，眼前这个，还是和我们一起住在小屋里的那个？我觉得，每次来这个镇子，我们都是当天来回，而她最企盼的莫过于有人能和我们成为朋友，并且邀请我们去他们家中喝茶，可我们并不住这里。每次她都要让父亲开着车在一排排带阳台的房子前来回经过，努力说服他搬家，父亲则会一脸嫌弃地说这些房子太小、相互离得太近，这里的人看起来都一个样。他问道：你为什么想住这儿呢？你在这边冲个马桶隔壁都听得一清二楚。有一回，父母争执了起来，因为母亲想待久点，父亲却说：我已经摆脱这一切了。然后他们换成了母语，说得又快又凶，我听得半懂不懂，不过我想母亲的回答大概是：你觉得很丢脸，是不是？

　　我不想搬到这个镇子，它被某些英国人不太善意地唤作"小印度"，甚至连我父亲都这么叫。我喜欢我们现在住的地方，非常喜欢。我喜欢我们安静的村子，喜欢它主街上那一排整整齐齐的商店，喜欢村子里的石头小屋、池塘、随处可见的绿意和板球俱乐部。虽然我是一个孤独、爱读书的女孩，也没什么要好的朋友，却依旧喜欢待在学校里。我喜欢图书馆，喜欢小卖部，喜欢在自己的草帽上缠一圈丝带，喜欢把白色的袜子拉到膝盖上方。仿佛这些事情做得越多，我就能变得越像那些在书中读到的人物，他们的母亲总是兴高采烈的，戴丝巾，穿格子棉裙，准备好丰富得足够应对探险的野餐，装进篮子里。然而我明白，我的母亲永远不会像那些母亲中的任何一个。父亲猝然去世后，母亲一直忙着看文件和打电话，眉头紧锁地坐在桌前，桌子位于一个僻静的角落——那里是父亲口中他的书房。于是暑假这段时间，我独处的时间越来越多了。我每天都要花几个小时漫无目的地走路，去长满苔藓的池塘，或者坐在板球场边，腿上放一本书，却并不翻开。有一次，我发现自己竟然在敲帕蒂小姐的门，我希望她能让我进去，喂我好吃的，用一只胳膊搂着我，和我一起坐在沙发上看电视。可她只是红着眼圈在大门后飞快地扫了我一眼，轻声说：回家去吧亲爱的，你不该来这儿。

我时常在林中游荡，只有感觉肚子饿的时候才回家。有时我会疯了似的狂奔，不顾荨麻从小腿上划过。还有的时候，我会一动不动地坐在树荫下，去观察，去倾听，每当这时，我便感觉父亲就在身旁，在草叶中，在扑簌着擦过我腿部裸露皮肤的蝴蝶翅膀上，在粗糙的树皮里。我不愿离开这个地方。

但那天下午，母亲低沉着嗓音用母语说：我们应该和同我们一样的人在一起。屋外，淡淡的云层在天空流淌而去，浅浅的影子沿着墙壁掠过。我全身动弹不得，只有手指微微抽搐。母亲很严苛，我猜正因为此，我才长成了一个不会表达的孩子，我不怎么哭闹，也不会砰砰砸拳头表达愤怒，从小到大我很少不听话，可在这一瞬间，我感到有什么东西裂开了。我冲出厨房的门，冲出家门，自父亲去世后第一次放声哭出来。我听见了身后母亲的呼喊，却越跑越远，跑进树林，跑啊跑啊，直到我再也跑不动了，扑倒在地，气喘吁吁，大汗淋漓。

我在那儿躺了很久，一侧脸颊埋在干燥的土壤中。在这个不见日光的树林深处，一丝凉风穿过一棵棵梧桐树，刺痛了我裸露的双臂。从我躺着的地方，可以看到夏草抽出的嫩芽，汁肥杆壮的野生甜蕨冲我点头，一簇簇明艳的毛茛闪闪发光，宛如太阳洒下的光斑。星星点点的白蝶翻飞，好像有人向空中扔了一把碎纸片。泥土在震动。我看见远处一团团黑莓灌木丛，饱

满的果子熟透了，还有繁茂的醋栗。随后，一把边缘
粗糙的紫红色根茎吸引了我的注意，父亲教过我，它
们有毒，遇见了千万要躲开。我爬了起来，小心地穿
过树丛，穿过茂密的矮树篱，来到闪闪发光的黑色莓
果跟前，它们是从奇怪的根茎上长出来的，根茎是红
色的，这是危险的信号。我抚摸了一会儿那看似凶险
的亮闪闪长矛形叶片，然后不假思索地掰断根茎，将
这些父亲警告我不要碰的果实尽可能多地采集起来，
装满了身上所有口袋，任由汁水弄脏我的双手。

回到家，我立马开始工作，母亲依然在父亲的
"角落书房"忙碌，打了好几个电话咨询在"小印度"
的租房事宜。我飞快地把莓果剁碎，倒进一个沉得压
手的锅里，然后屏住呼吸，打开了通常情况下绝对不
允许我碰的炉子。我搅拌着，这时笼着火焰热气的莓
肉愈加浓稠，吐出了泡沫。我入迷地盯着它们从亮晶
晶的圆形小球变成既危险又美味的奇异黏稠物质，拿
起糖，先是回忆着母亲的动作一次放一勺，后来又怀

着紧张和刺激的心情一股脑全倒了进去，迫不及待地想快点弄完。空气中弥漫着一股特别醇熟，特别浓厚，特别香甜的气味，令人难以相信这莓果竟然有毒。我做的果酱恰好能装满一个大罐子，希望这些足够达到我的目的。我双手握住罐子，把它转来转去，好奇地查看着里面的东西。据我的观察，这种果酱呈深红色，比父亲死那天我和母亲做的草莓果酱更令人吃惊，颜色也更深。

那天余下的时间里，母亲一直待在父亲的书桌前，仔细查看银行对账单和法律文件。终于，果酱冷却成黏稠又甜蜜的浆体，我走到她身边，一只手怯怯地拿着果酱罐，另一只握着一枚茶匙，背在身后。在那一刻，母亲看起来比她的实际年龄更大，头发紧紧箍在脑后，一只手扶着额头，佝偻着肩膀。我在门口磨蹭着，然后求和般递出罐子。我做的果酱，我说。母亲并未消气，因此没有理睬我，她是气我在被她叫名字的时候居然还敢跑开。直到我说，这是我给你做的，她才抬头看向我。

她审视着我的脸，好像在思忖应该用多严厉的言辞斥责我先前的行为。我屏住呼吸，等待着。然后她把头偏向一边，脸色看起来和善了一些，但只过了一会儿，她便示意我过去。过来，她说道，给我看看，给我看看。[1]

我拧开盖子，她从我手里拿走了茶匙。在我裙子下面的某个地方，我那颗小女孩的心脏在恐惧和期待之间剧烈地跳动着。她用茶匙蘸了一下，好似一根箭扎进了心脏，匙尖只是将将触到了那浓稠的果酱。她舔了舔勺子，接着出现了我始料未及的一幕：她将茶匙竖起来，勺头朝下，放在鼻子上，皱起鼻子夹住茶匙。我还是第一次见她这么做，她的荒唐举动让我惊讶地大笑起来。接着，她仿佛意识到了自己哪里做得不对，嘴巴重新抿成一条薄薄的直线。她又看起了文件，留我在一旁等待，等待。

我不知道得给她吃多少果酱，才能让毒莓渗入她体内发挥作用。那天晚上的晚些时候，我蹑手蹑脚地从自己床上爬下来，走到她床边，小小的影子掠过了她熟睡的面庞，她稍稍动了动，枕着枕头翻了个身。

1　此处的前一个"给我看看"是用印地语说的，后一个"给我看看"是用英语说的。

第二天早上，我盯着她拿起我做的果酱，在自己硬邦邦的早餐吐司上涂了薄薄一层。连着三个早晨，她都这么做了，每一次我的心都怦怦直跳。可依旧什么都没发生。

父亲去世后，邻居们依然会将装着食物和杂货的篮子放到我们家后门的台阶上，然而在母亲看来，这种行为与其说是在表达善意，倒不如说是在添麻烦：一条条的面包和数不尽的烘焙食物堆放在厨房的角落里。在这里，我找出一批某个邻居留给我们的烤饼，做成给她的茶点，饼中央的果酱抹得厚厚的，可她冲我摇摇头，继续和电话那头的人争论我们家小屋的出售价格，碰都没碰烤饼。

我简直气坏了，想都没想便走到帕蒂小姐家门口，身前端着一个盘子，上面是余下的涂了毒果酱的烤饼。我觉得自己看到她家的窗帘动了，她却没有走到门口来，于是我将盘子留在门口。我想她肯定连盘子带饼全倒进垃圾箱了，毕竟天气很热，这样直接放在台阶上，连个遮盖的东西都没有，等她去拿时应该已经变味了。

到最后，谁都没有出事，这么大一个罐子里还剩下四分之三的果酱，我便干脆自己拿勺子把罐子里剩下的果酱一口气吃了个精光。一开始，我只觉得胃痛，后来我发了两天的烧，不过也就仅此而已。不就是为了引起别人注意吗，母亲恼火地说，她甚至拒绝承认这毒原本是为她准备的。

"小印度"像三明治夹心一样夹在两条主干道中间，并被一条高速公路封锁起来。那儿没有池塘，也没有树林。在"小印度"，连空气都带着孜然和香菜的滋味，刮风时，我便会闻到小火慢煎生肉的气味。我每天都抬头仰望天空，盼望有一天能逃离。

如今，我住在一个与我长大的村子差不多的村子里，却不知道自己是否属于这里。在这个地方，夏天的农田里满是油菜籽和绣线菊，仿若太阳射下的光斑；夜晚的空气像果酱一般浓稠，粘满了星星。他们说今年的草莓会是最大最饱满的。

有那么一瞬间，你头一次打开一罐自制的果酱，盖子啪的一声揭开，你吸入了柔韧果肉的香甜气味，那一刻，你闻到的不仅仅是糖、柠檬或者莓果，而是一段记忆，一个留存在时间中的片段。我就是这么告诉顾客的，他们走进我这间小店，着迷于那一排又一排闪闪发亮的果酱罐子，玻璃罐子里存留着季节的每一次流转：童年的糖果与祖母，天鹅绒和紫罗兰，晒伤和旱冰鞋。可这些不是我的记忆，拌了糖的莓果味道则令我反胃。

那时候，我还是个贮存血红色毒莓果酱的孩子，而现在，几十年已经过去了。如今，在附近探寻茅草小屋与奶油点心的游客来到我的小店，会被我专门制作且极富代表性的香甜果酱吸引，并问我是如何成为一名果酱制作师的，还会问我是从哪里学会的这么一门迷人的手艺。我告诉他们，是我的印度母亲教的，一时间，他们的脸僵住了，显得很困惑，毕竟这与浪漫故事或典雅的英国风情丝毫沾不上边。

我没有告诉他们，每当我在店面后面的狭小厨房里准备一锅愈见浓稠的莓果，摘除花萼，剁碎果肉，煮熟，搅拌，加入不多不少的糖，以便增添一线甜意，又不至于发腻，我都会不由得想起一些黑暗的情绪，比如孤单，悲痛，以及其他更空洞的、我还不知该如何命名的东西。人们以为我拥有一段漂亮的人生，他们惊呼：果酱制作师！好像我肯定有魔力，手指上沾着仙粉，能用无花果和玫瑰、黑莓和月桂调配出魔法药剂。与我同床共枕的恋人们裹着挺括的白被单，也为我深深着迷，毕竟一个做果酱的女人必定是纯粹的。有时候我会想，我选择做这一行，是不是一种自我惩罚。我在反反复复地搅拌与贮存时，便在想着这些。

迷 信

十几岁的时候，每年夏天我都住在拉合尔，与叔叔家的堂姐妹们一同过暑假，白天没什么可做的，不过等到傍晚凉爽下来，我们便小心地溜出她们带吊扇的卧室，爬上叔叔家的房顶，在那里，我们经常躺在吊床里，彼此倾诉秘密；碰到不戴头盔的男孩们骑着摩托呼啸而过，我们就从房顶栏杆上探出身子，挑逗地吹口哨，然后赶紧蹲下藏起来。婶婶很讲究礼节，母亲当时（现在依旧）也是如此，她俩总是合起来训斥我们，说我们笑得太大声，居然跳舞，还看宝莱坞电影。然而，在屋顶上，我们可以自由地发出咯咯的笑声，可以一起翻阅我偷偷从英国带来的少女杂志，里面全是各种讲接吻技巧之类的文章，还有英俊男生的跨页照片，看得我们连连抽气。来到屋顶上，我们踢掉凉鞋，甩开必须披在脖子上的头巾，讨论一些傻问题，比如将来想要什么样的婚礼，以及我们觉得自己喜欢什么样的男孩，说得上气不接下气。

一天傍晚，薄暮降临，天空染上粉色，堂姐妹们手指向居住区的边缘，那里影影绰绰地有一棵全身长瘤的银白色大树。母亲曾经跟我提过几次，不让我们靠近它，但直到那天晚上我才知道为什么。她们告诉我，以前有个年轻女人，她与深爱的男人结为夫妻，没想到丈夫却离奇去世了，死因不详。故事还没结束，据说每天晚上这个悲痛欲绝的年轻女人都借着月光在外面寻找他——她的爱侣。一天夜里，有人在这棵树下发现了她的尸体，脸朝下趴着，四肢扭曲。有传言称，她的头发和树根绞在一起，每一缕发丝都扎进干燥的土壤里，还有人说这个女人被中空的树干吸走了灵魂，她的悲恸压得树枝再也无法抬起。当然，晚上你还可以听到她未出世孩子的哭声。

附近的女孩们都不被允许接近这棵树，因为大家担心寡妇的魂魄会污染她们，神不知鬼不觉地渗入她们体内，将她们变成女巫，或者更糟糕，让她们将来也做寡妇。这个故事还衍生出其他的迷信说法，引入了神怪，以及各种禁忌：不能披散头发、不能在月光下走动，不能披散头发在月光下走动。至于打破禁忌的后果，就是我们可能会失去目前为止只存在于想象中的丈夫。爱侣！我们大叫，心中充满惊奇。寡妇！我们又吓得齐齐打战。太凄惨了，我们表示痛惜，然后仰头大笑，一个个怂恿对方披散着头发去月光底下。

我当然说了我敢去，也确实付诸了行动。我是唯一一个走到那棵树下再走回来的人。趁父母晚饭后在前屋喝茶，哥哥弟弟们在有电视的客厅里打电子游戏，我偷偷溜出了大门。几个堂姐妹承诺会为我打掩护，她们在一片窗户的铁栅栏后面目送我，小声嘀咕着。我记得自己使出了吃奶的力气拼命跑，心脏咚咚咚狂跳，拖鞋磨得脚趾生疼，夜晚空气中浓郁的茉莉花香从身边呼呼掠过。我清楚地记得当时情况有多惊险，我有多害怕，不光因为我真有可能被母亲和婶婶发现，还因为我对那位寡妇，包括她的鬼魂怕得要命。尽管我当着堂姐妹们的面表示这个故事太荒唐了，绝对是编的，而且缺乏真凭实据，可心里还是害怕。怕归怕，我依然跑啊跑，既惊慌，又兴奋。我记得自己伸手碰到树干，一触即收，好似在跑接力赛，树干异常冰凉光滑，我很震惊，然后气喘吁吁地转身径直朝叔叔家狂奔。

上次和堂姐妹们说话已是多年前的事了。我们长大了，联系却断了，主要是因为我和弟弟不愿再去拉合尔，并且说动了父母让我们和学校里的朋友以及他们的家人一样，假期去法国和意大利这类地方。而现在，我在某种意义上也成了一名寡妇，却不禁想起了那个夜晚，怀疑是不是因为那天晚上，因为那棵树、自己的逞强和那个荒唐又迷信的传说，我才会落入今天这般境地，而且我以后总是会遇到这样的事情。

有些夜晚，我发现自己坐在窗前的地板上，身处月光的阴影之中，夜空倒挂着，是那样地宽广，这让我觉得自己是世上最孤独的人。但老实说，我宁愿这样，也不想与陌生人挤地铁，不想在工作时虚伪地闲聊，不想听电话话筒里母亲用尖细的嗓子一个人说个不停。因为在这里，独自一人的我可以静静地、秘密地为你哀悼。

有时我躺在硬邦邦的木地板上，抬头看向窗外，我发誓，从这个地方能看到世界是从哪里弯曲的，那里是存在的尽头。我看着零零散散的星星仿佛几枚硬币，在城市的夜空上滚动，想知道你去了哪里，又为什么要离开。有些日子里，当我开始从睡梦中醒来，清晨依然如同披上了一件紫罗兰色的外套，我想我能嗅到你的味道，那清苦但并不令人讨厌的淡淡汗味萦绕在你身体的缝隙中，那是我过去常常依偎的僻静港湾。费罗，我从自己肌肤的角落里嗅着你的味道，从早上未洗漱而黏糊糊的口中尝着你的滋味。昏暗的光线下，我伸出两只手掌摸索着你墙一般的脊背，上面的痣宛如一片星空，然后才想起你已经不在了。

我不禁好奇，她也会有这种感受吗？她，那个走在月光下，绝望地寻找爱侣，灵魂被困在一棵全身长瘤的银白色大树中的年轻寡妇。有时我会在夜里惊醒，不确定出现在梦中的人究竟是你还是她。

我多么希望自己能说，最后一个触碰我的人是你，可是警察却来告诉我，有人发现了你的尸体，死去的你脸朝下倒在一堆浅灰色的东西中，好像是脏了的雪，身上还穿着反光的跑步服，你原本准备沿着上坡的小路前往亚历山德拉宫顶部罕有人至的喷泉，却不知为何偏离了路线。警察说话时低头看着地面，然后将一只手放在我左肩上，用力捏了捏，说道："节哀。"

　　直到他走了我才想起来，母亲过去常说，我们左肩上有一位记录我们劣行的天使。我想象着自己的左肩天使正手握一个卷轴，它仿佛奔涌的大海那么宽，上面罗列着我人生的经历，有重要的，也有不那么重要的。不知触碰寡妇树的事是否也记录在案，也许自十三岁起它便成了我的污点，这些年与你同床共枕也要算在内，毕竟按照他们的观念，我甚至从一开始就不该和你单独相处。

　　《古兰经》中说，寡妇不能离开家门，尤其是怀了孕的寡妇。所以有时我觉得这是她，那个树下女人的错，她一开始便不该出去。她要是遵守本分待在家里，就没事了。像我们，比如我和她这些怀孕的寡妇，在"卸掉我们的负担"之前不应该出家门。没错，"负担"这两个字，是经书中的原话。

在我即将离家上大学之前，父母给了我一本《古兰经》，叮嘱我摆到书架最上面，要摆得比其他书都要高。第一次读到这行字的时候，我很好奇是不是书上印错了，抑或是翻译错了，我边好奇，边在脑海里浮现出了这样的画面：一位百岁学者手指上染了墨渍，长久伏案后，精力不济的他出了纰漏，一根大拇指弄脏了草草书写的字迹，后人看不清墨水下的文字，只好自行揣测。我觉得这个词大概是搞错了，因为负担听上去几乎等同于惩罚，仿佛一切都是我的错，好像是因为我的不小心把你弄丢了，这在我看来才绝对是个错误。

我从网上下单了三本其他译本，想要核实一番，结果它们都用了同一个词。

后来事实证明，那确实是负担。到了夜里，舌苔变得滑腻腻的，有股透着冷气的铜味儿，胃里一股股反上来的酸水汹涌得令人害怕。我一直觉得恶心，但实在吐无可吐。六周还是七周了？我现在早忘了，因为我已经记不清时间了。如果你还在就好了，我本来准备那天稍晚一点就告诉你的。

尽管我一直戴着你送的戒指——除了见父母时把它藏在毛衣下面的一条细链子上——但我们实际上没有结婚。我俩还没走到那一步。不是因为不想结，你求过婚，我也真心说了愿意，是真的愿意，但我总往后拖。你说，和你父母谈谈。你说，他们会理解的。你说，和你弟弟谈谈，他一定会站在我们这边的。但我不是很有把握，也因此错失了每一个介绍你的机会——我不仅没有当面把你介绍给我父母，甚至都没有把你口头介绍给他们。我总想着告诉他们，只是没想到合适的时机，况且你和我未来的时间还长呢，我们有整个余生。

我的家人对我的现状毫不知情。我知道你会说什么，你会说："他们是爱你的。"你会说："看在主的分上，别瞒着他们。"但老实说，我有多痛苦他们根本无所谓。我敢打包票，如果我说出实情，他们肯定会吓坏的。

按照天主教的教义，寡妇必须守一年重孝，然后守六个月的半孝，最后再守六个月的轻孝。在重孝期，寡妇必须穿黑色衣物。在半孝期，衣服可以穿黑色的，白色的，或是黑白两色的。在轻孝期，穿淡紫色系和灰色的衣服也可以接受。按照印度教的教义，寡妇现如今不再被逼迫在丧礼上用亡夫火葬的柴堆自焚，但人们依然有一种期许，希望她们能用微不足道的余生去哀悼丈夫的离世。按照犹太教的教义，假若一个女人接连死掉两任丈夫，这个寡妇就不得再嫁，人们要么视她为克夫的丧门星，不值得别的男人再去追求，要么认定她那邪恶又致命的阴道里带着某种恶性疾病。

　　我手中的经文说，寡妇应该闭门不出，简衣素服，远离珠宝、美丽的配饰，避免与尘世接触。遵从对我来说很容易。毕竟我所有的时间都待在家里，只有快递来时才开门，每天都穿着自己或者你的睡衣。我摘下耳垂上你在纪念日送我的碎钻耳钉，为了取下手指上你送的戒指新拆了一块柠檬香皂。虽然不久前我还在痛斥这些戒律对一个女人及其悲恸的抹杀，此时我却惊讶地发现自己从当中找到了某种扭曲的快感。这些仪式要求我忘掉自己，遵守那些规矩则让我磨掉了棱角。我恍然大悟，这种顺从外界的意愿、听凭他人言辞行事的态度，是父母对我这辈子的期望。

有时我一边凝视着镜中自己满是泪痕与倦意的脸一边想，自己究竟为什么要做这些事情。我的意思是，严格来说，我甚至都不算你的遗孀。另外，我虽然依旧在父母面前保持着伪装，但实际上早就不是主的信徒，因此理论上讲我不必再遵奉经文行事。只要愿意，我可以走出公寓，可以化妆，可以办一场该死的聚会，将铺满了我们照片的幻灯片投在墙上，纪念你的一生。我完全没有必要像现在这样。但你是我逝去的爱人，我自认是你的遗孀。而且不知怎的，那些我从出生起便继承的宗教戒律就像一根锚，牢牢地将我禁锢在自我的悲痛中，而我的痛苦深不见底，就如同平静的深海一般，令我害怕自己也许会淹没在其中。是这些戒律让我莫名变成了这样。

我的父母虔诚得近乎迷信。他们在生日卡片上写下数字 786[1]，小口喝圣水，看到一只底朝天的鞋就吓得发抖。只要周末弟弟和我回了家，我们临走前，他们必定要将《古兰经》高举过我们头顶，保佑我们一路顺利。为了避开厄运，母亲总说："愿恶魔之眼不触尔身。[2]"不过我猜，这话她也就只能说说罢了。

我父母的房子里随处可见光亮透明的恶魔之眼，它们像春日的天空一般湛蓝，挂在各扇门上方令人意想不到的角落里。我搬进属于自己的公寓时，母亲也交给我一枚花哨的彩绘眼睛，那瞳孔略微有些偏离中心，像喝醉了似的。这是她从特恩派克巷的一个土耳其肉店买来的，她顺便还买来了肉，填满了我的冰箱。她把眼睛举到我面前，像晃悠猎物一样在手指上荡来荡去，说："能保佑你。"它挂在我客厅的墙上。头一回见到时，你吓了一跳。你一直都觉得它是一件

1　在伊斯兰文化中，786 被视作一组幸运数字，带有吉祥和祝福的意义，常被用作吉祥号码或标志。

2　原文为 Nazar na lage，乃乌尔都语的英文转写。

可怕的邪物，拒绝当着它的面亲吻我。一有机会，你就把它从墙上拿下来，然后我会再挂回去——万一管用呢。一天早上，我把它放到你枕头上，只是想逗逗你，结果你看你那副模样，真是吓得不轻。

它现在还在墙上，在老位置。也许我一早便该把它取下。有件事我始终想不通，如果这只眼睛能为我驱除厄运，那它又为什么叫恶魔之眼呢？难道它把厄运引进我的公寓，然后传给你了吗？说真的，谁又会因为出门跑个步把命都丢了？你什么时候听说过这种事？可我又想起那棵长满了瘤的树、那个寡妇，想起她只是出门走了走，结果却落得如此下场。她和你一样，死时也是脸朝下趴着，不知为何，我总是不受控制地想起她，不知道我是不是疯了。你变成这样是因为我吗？我变成这样是因为她吗？还是因为母亲的恶魔之眼？

母亲打来电话，说我很久没来了，坚持让我从伦敦开车回去过周末。我有些害怕，不是怕她可能发现什么蛛丝马迹，而是怕那些戒律——我现在不该出家门。可她一意坚持，我也没气力去争辩，况且我也告诉自己，严格来说，那些戒律甚至都不适用于我。我提醒自己，那只是迷信，仅此而已。

我进门时，她正在厨房里准备大餐，一开始我担心自己什么都吃不下，犯愁该怎么吃完这些食物，饥饿感却突然袭来。我仿佛一连好几个星期没有吃东西，其实这么说也不算错。我在厨房里转来转去，母亲问了两句我的工作情况，点评了一番我的黑眼圈，然后继续谈论她自己。她一边连剁带蒸加炒，一边仔仔细细向我讲述郊区生活的点点滴滴，埋怨路上太堵，没地方停车，描绘她最近一次举办家宴的经历；对于我的痛苦，她一无所知且一无所觉。

晚饭后，母亲起身将自己的椅子摆回原位，回到我身旁时，她用赤陶做的餐盘端来了我最喜欢的布丁。布丁经过了精心烹调，奶油似的米饭在甜牛奶中泡得发胀，顶上撒了开心果和干玫瑰花瓣，估计花了几个小时的工夫才做好。她骄傲地把布丁端到我面前，仿佛我不是来过周末，而是要在这里举办自己的婚礼。"真是太麻烦你了。"我这么说，是因为很清楚母亲是在向我展示自己花了多少心思。她抚摸着我一侧的脸颊，答道："每次你来，我都觉得是个大日子。"在那短短一瞬间，她表现得如此温柔，以至于我想要相信她，并且希望我可以把我们的事，把你，把我在经受的一切都讲给她听。

然而下一刻，她却转过身去，麻利地拨动水壶的开关烧水，说起了某个女孩，那女孩算是我小时候的玩伴，可现如今，据说正和一个爱尔兰男人在伦敦同居，而母亲的那帮朋友似乎很热衷于谈论这件事。真是桩丑事，简直不知羞耻，她滔滔不绝，一边摇着头挨个挤压茶包，一边嘴里替那个女孩的母亲感到可惜，却又暗示她肯定是从一开始就没教育好，才把女儿养成这副样子。

我听她唠叨个不停，说她很高兴我没有变成那种女孩，也很感激有我这样的女儿。我这才意识到把你，把我们的事，把这一切都告诉她根本没有意义。现在已经太迟了。你已经走了，再说就算我向她坦白一切，又该从哪里说起呢？我甚至都不知道该说什么。在她的眼里，我做过的一切、我们两人的全部过往，都会是一桩可悲的罪行。

回到家后，我不停查看自己的内裤，模糊地意识到，就要出事了，并且心里有种朦胧的预感，我们尚未出世的孩子注定不会出生了。浴室的灯管发出的光刺得人眼花，然后我看到了它——最初的一抹铁锈般的污渍，那是干涸的血迹，和我大拇指指甲盖差不多大。

我蜷缩在客厅窗户下的地板上，等待后续。我看着淡紫色的云朵缓缓移动，像薄薄的影子掠过一张孤寂的脸。我意识到一些可怕的事情正在我体内发生；实在是太痛了，痛得我打起滚来。星星看起来像散落在夜空中的硬币，不知怎的，神志不清的我想到了多年前我触碰过的那棵长满瘤子的树，树皮银白，像月光一样；我想到了尚未出生的婴儿们，他们发出了哭声，头发钉在地下，纠缠在泥土中；我想到你，你的脸埋在雪里；我觉得仿佛自己的身体里什么也没留下。在意识恢复清醒的那一瞬，我才意识到那哭声其实是自己发出的。不知什么时候，它止住了，终于过去了。并不算你遗孀的我卸下了自己的负担，随之而来的，是你彻底的消逝。我感觉到有什么在盯着我，接着我看见了墙上耀眼的它——母亲给我的恶魔之眼，正闪烁着温暖的海水一般的蓝色。过了几天，等到我心绪平静了一些，换上了暖和干净的睡衣，一切也都已结束，我也洁净如初，这时我才突然想到，我的家人无须知道你，知道我们的事，更无须知道这个孩子存在过。人们说，万事皆有因，我的家人说，那是天命，是主的意志。我想知道，难道这就是我的天命吗？难道一切早有定数？我到底是被诅咒了，还是被拯救了？未来的许多年里，我都会思索这些问题。未来的许多年里，我都不会有确切的答案。

异国他乡

湿答答的汗滴浸透马克的衬衫时，他正吞下夜晚烟雾缭绕的热气，双手紧紧捏着一个纸袋抱在胸前，袋子是阿米娜吩咐他抓牢的，主要是为了给他黏糊糊的手找点事做。

他耐心却尴尬地站在阿米娜身后，她正在和店老板争执。矮胖的店老板展示着几条用丝绸般精细的羊毛纺成的披肩，只见他的手往前一抖，披肩便轻飘飘垂下来，像死掉的飞蛾薄薄的翅膀一般，阿米娜却用母语大声争辩起来。马克不知道她在说什么，但从她的笑声中听到了一种他从未听到过的讽刺意味，她清脆而快速地说出了一连串带有恶意的词，鸣锣一样将她的阶层、自信以及胸有成竹的姿态广而告之，即使对方仅仅是一个卖披肩的商贩。阿米娜在伦敦时不是这样的，他在心中默默地说道。

　　马克同样像换了个人。他在拉合尔感到无所适从，实在不知该做什么，只能跟在阿米娜身后，提着她买的东西或者她突然相中并拿下的众多手提包中的一只，觉得自己很消极、很茫然、毫无用处。拉合尔和他们待了一周的罗马不同，在那里，马克每天早晨一边品着卡布奇诺和牛角包，一边模仿意大利口音大声给阿米娜朗读他们自带的旅游指南，逗得阿米娜笑得嘴上到处都是甜点碎屑。拉合尔也不像他们周末时去的巴黎，在那里，阿米娜伸手拉住马克的手，由他牵着走过苏利桥，巧妙地绕过左岸，转到右岸，迂回穿过一条条寂静无人的街道。他之所以如此熟门熟路，是因为多年前曾在那儿度过间隔年，收集了许多实用信息，并为此感到自豪。拉合尔也不像他们徒步穿越的英格兰湖区，当时是一个潮湿的秋天，前一晚，马克精心策划了他们的路线，阿米娜只用在提供住宿加早餐的豪华旅馆的独立式浴缸里泡澡。拉合尔完全不同，他想。他向她展示过许多地方和许多城市，将它们像立体贺卡一样在掌中打开、摊平，引导她在他身旁，与他并肩漫步其中。但马克不了解拉合尔。他不能把自己当成人形立牌，找不准自己在其中的位置。在这里他无力为她展示，只能等待她的引导，等待她用他无法破译的未知语言替他说话。可她让他的等待落了空。

她在这里很自在，毕竟这座城市是她出生和长大的地方。她不必用眼神向马克询问方向，也没有像在伦敦或他们去过的其他任何地方那样，将手滑进他的掌心，而在那些地方，他们会手挽着手，她会把手指伸进他的口袋寻找他的手指，仿佛口袋里有独属于他们俩的小磁场。这并不是因为换了一个城市，换了一个地方的他们对待他们的感情要含蓄一些；相反，这里到处都是手牵手的情侣。而是因为阿米娜在这里变得不一样了。有时，马克觉得她只是忘记了他的存在。

"我们走。[1]"阿米娜突然说道，她那一头乌黑的直

1　此处的"我们走"是用当地方言说的，后一处的"我们走"是用英语说的。

发散开披在肩上。"我们走。"她一边下命令，一边挺直腰板、两手空空地径直向门口走去。马克紧随其后。

外面天色已暗，她却仍然把墨镜架在额头上。店老板正一条一条地捞起那些羽毛似的精致披肩。他现在得把它们全部重新叠起来。他带着抱歉的笑容摇摇头，朝马克耸了耸肩，好像在说，女人嘛。马克点头示意，嘴唇一抿作为无言的回应，随着阿米娜出了门，胸前依旧牢牢攥着那个纸袋，里面装的是她讲了半个小时价买的串珠平底鞋，尽管按原价购买对她来说也不算什么。

走到外面，湿气裹住他周身向上升腾，像一个饱胀的气球那样在他脸上爆裂，一阵急促猛烈的疼痛再一次攫住了他的整个身体。听到阿米娜吩咐她的司机送他们回家，他松了一口气。她坐在汽车后座，蜷起腿，头靠在他肩上。可马克觉得更热了，而且被她的膝盖压得很不舒服，于是挪动了一下。她看向他的脸，坐直了身体。

在拉合尔，马克读的不是旅游指南，而是人的姿态。从阿米娜一家漫不经心的默然姿态中，他读到了特权——他们每天下午穿着轻薄凉爽的亚麻衣物慵懒地靠在沙发上，厨房的男孩会推着茶车准时出现。从阿米娜的父亲那里，他读出了期望——他邀请马克到他的书房小酌，喝着非法购买的酒，聊在伦敦买一处房子要多少定金。从司机和女仆那里，他读出了抗拒——他们从不直视他的眼睛。他无所事事，读着周围没有讲出口的那些话，思考自己究竟为什么会在这里。

读得最多的还是阿米娜。眼前的她是独属于拉合尔的新版本，是未曾翻开的一卷，散发着陌生的气息。如今的她要更加闪亮，更加优雅，在这里，她住的是有着完美草坪与高耸院门的父母家，而在西伦敦，她住的是租来的两居室小公寓。在那里，他们周末通常都只草草吃一顿早午餐，没有餐盘，只能用手拿吐司，弄得皱巴巴的睡衣上满是面包屑。在这里，马克观察到，她始终保持清爽整洁，脸上带着妆，显得泰然自若，一边不耐烦地等待女仆为她的瓷杯斟满清淡的英式早餐茶。他们每天都待在一起，但这里的她比以往任何时候离他都要远。阿米娜举手投足间透着一股自负，挎着她从十几岁时住过的卧室衣帽间里突然翻出来的名牌手袋，这些马克之前都没见过，惹得他心里不太舒服。

来拉合尔是阿米娜提出的。她说想在他俩的婚礼前让马克见见这里的亲戚朋友，还想带他看看一些地方。可是他俩与她的大学老同学约在赛马会员俱乐部喝茶时，她却把他晾在一边，开始用一种他从未听过的腔调飞速交谈。直到他推了推她的胳膊，发出尴尬的笑声，她才像个孩子一样拉着他的胳膊，引他到朋友前面介绍他，然而即便如此，他还是觉得被忽视了。为了庆贺他们订婚，她的有钱亲戚们举办了多场家庭晚宴，在那样的场合，他穿着硬挺的、上过浆的无领长袖衬衫，脖子被扎得发痒。他站在原地，不住地摇晃着，不知该找谁说话，而在另一旁，阿米娜正听着客人的评论哈哈大笑。

马克想要领略《国家地理》杂志摄影作品中的巴基斯坦，但他们从市场到购物中心然后再回家，都由司机车接车送，他只能坐在后座，透过车窗去看这个国度。他看见衣衫褴褛的街头流浪儿童往车里瞅，呼出的热气和粗糙的指尖在车窗上留下印子。他看见枯瘦的老人在环岛路口擦鞋，缠在头上的阿富汗头巾已经褪了色。他还看见裁缝把染了橘色、粉色和红色的丝绸在外面高高挂起，准备为新娘做嫁衣。他坐在后座上看着所有这些人、这些事物一闪而过，当他举起相机准备捕捉他们时，阿米娜却取笑起他来，不屑地说道："老天啊，马克，这有什么好看的？他们那么脏。我可不要拍他们。"

在拉合尔，阿米娜变了。在伦敦，他们会熬夜收看《新闻之夜》和《提问时间》，认真倾听有关社会变革的辩论。他原以为阿米娜和自己一样，也对这些事情很在意，毕竟他们在家时会在星期日读相同的报纸，共同收听英国广播公司的四台。可如今，他已经见识过了她从小居住的房子：富丽堂皇，独门独户，铺着大理石地板，配备了现代化设施。他还曾注视着她责骂女仆要么没有把丝绸衣服上的褶皱熨平，要么给她泡茶泡得太淡，他一边注视着，一边略微感到有些厌恶，仿佛在吞下胃里返上来的余味，觉得自己好像根本不认识她。她之所以能这么做，是因为她享有种种特权，他想，她肯定非常想念这些特权，因为她接受起这一切来是如此地心安理得。他不禁怀疑她在伦敦他们租的小公寓里是否真的快乐。他想弄明白自己要娶的是哪个阿米娜。眼前这个，还是他留在伦敦的那个。

马克和阿米娜计划明年早春在伦敦举办一场小型婚礼。马克颇为自豪地准备自己承担所有费用，仔细而富有创意地精打细算。大多数下午，阿米娜都会和母亲、母亲的朋友、老同学谈论婚礼，但她从不向他们提及自己之前与马克商量过的那些事情。

相反，她谈论的是他闻所未闻的专业场地、豪华酒店，以及高级社交俱乐部。他无意中听见阿米娜突发奇想，说想在广阔的场地上方搭一顶造价不菲的遮篷，这样既敞亮，又通风；他还看见她翻阅光鲜亮丽的杂志，指着撅起嘴巴、身着名牌巴基斯坦精美礼服的瘦削模特。在他看来，这一切格外陌生。在他看来，这样的阿米娜也格外陌生，她娇生惯养，颐指气使，像一个嘴不饶人的孩子。离开拉合尔的前一晚，马克正在收拾行李箱，她反复端详着杂志上刊登的新娘照片，说："也许，我们应该在这里，在拉合尔结婚，马克。"

这和他们之前谈好的不一样。马克一时不知怎么回答，犹豫了一下，然后说他以为她已经想好了要回伦敦的家结婚，他们不是已经计划好了吗？"那是你家还是我家？"阿米娜挥起拳头，直挺挺地站在他面前，仿佛要捶打他，她的下嘴唇上有一颗亮闪闪的唾沫星，宛如一颗糖粒，或者是盐粒。马克对此毫无准备。他没有准备好和她起冲突，毕竟这种事极少发生。在之前，不论商量什么事，他们总是意见一致。

阿米娜泪流满面。她冲他大吼，吼他不理解她，不努力和她的家人朋友处好关系。她冲他大叫，叫他现在肯定知道他们在英国时只能做个局外人的她心里是什么滋味。她冲他大喊，喊他是多么可笑，明明应该主动和别人说话，却非要等着别人过来找他搭话。她赌气似的告诉他，人们曾用乌尔都语嘲笑他，说她那位英国未婚夫既可怜，又茫然，在拉合尔简直手足无措。她说他只会坐在那里，和谁都不说话，这让她很难堪。她让他环顾四周，好好看看她在这里拥有的一切，她却放弃了拉合尔的这一切，只为和他一起留在伦敦。

马克从未听她说过这些。他从来没有想过她在伦敦会像他在拉合尔一样不自在，他不知道这有没有可能是真的。他不知道要不要说点什么，指出她在这里的变化，以及他觉得她很刻薄、傲慢和冷漠，可他不清楚应该怎么表达。他厌倦了这里的炎热、潮湿和待在这里需要付出的努力，虽然有女仆和司机在，实际上他根本不需要付出什么努力；他已经准备好回家了，真的准备好了。

于是他坐在床上，脚边放着他们还没整理好的行李箱，任由阿米娜大喊大叫，放声痛哭，因为他知道明天他们终于要离开了。他在脑海中默默安慰自己，说，真是漫长的两个星期啊。后来，当他们终于就寝时，他告诉自己，只不过是身处异国他乡让他们有了嫌隙，仅此而已。他告诉自己，阿米娜说的并不是真心话。他告诉自己，她只是累了，他想，当他们降落在伦敦时，她会伸手寻找他的手，然后他们会和好如初。

飞机上，他们大部分时间都沉默地坐着，马克索性翻看起自己拍摄的寥寥几张照片来。他想，是的，拉合尔不像他们待了一个星期的罗马，也不像他们待了一个周末的巴黎。他将照片一一删除。

过分

一天前，阿玛尔给沙欣发了一封电子邮件，仅有寥寥几行，只说了她会自己从机场回家，预计晚上六点到，信的结尾是她的姓名首字母缩写 AMC，落款处没有送上亲吻，而是她的邮件签名，显得很正式——伦敦大学学院英语和哲学荣誉学士，阿玛尔·玛莎·柯普兰，这是她在毕业时饶有兴致设置的。如此简略，沙欣读完却没有觉得不妥，毕竟她早已习惯了这些偶尔出现在收件箱里的短信。这已经不重要了。重要的是，时隔九个月，女儿终于要回家吃晚饭了。沙欣把消息告知了广播电台的同事们：阿玛尔一个月后就回家了；阿玛尔还有一个星期就回家了；阿玛尔今天就回家了。她们还是第一次分开这么久。

沙欣请了一天假做准备。清洁工这个星期来打扫过，不过沙欣还是把房子重新收拾了一遍，她哼着广播里的歌，收听自己参与制作的一档脱口秀节目，欢快得简直像换了一个人。她来到阿玛尔的房间，换上新床单，把一个系着奶油色丝带的棕色小盒子放在桌上，里面装的是一条细细的金链子，链子上挂着一个小巧的马蹄形吊坠，和她的小指指甲盖差不多大，是她去年在马斯韦尔山[1]的一个圣诞市场买的，那也是第一个阿玛尔没有在家过的圣诞节，沙欣知道，阿玛尔喜欢这种礼物，也希望这种礼物能够永久留存。她往浴室的架子上摆满了价格不菲的洗护乳液，并确保买了阿玛尔非常喜欢的椰香洗发水。她不停地去瞟时钟。

她预约了下午做头发，不单是为了迎接阿玛尔回家，她的头发原本也该修一修，补个色了，再说反正已经请了一天假。她盯着镜子里的自己——头发剪掉了几英寸，变成了齐肩，一缕缕浅灰色的发丝重新染成了栗色——虽称不上改头换面，却要比她这个年纪本应有的气色更好。回家的路上，她在火车站附近

---

1 位于北伦敦的一个区域。

的有机食品市场驻足，买来了烹调阿玛尔最爱吃的饭菜所需的所有食材和配料：蘑菇、大蒜、一罐稠奶油（用来拌鲜切的意大利扁面条），以及棱角锋利的巧克力块（她会将它们融化、搅拌，然后烤制成布朗尼蛋糕）。她打算等阿玛尔到家之后再煮意大利面，也许可以趁女儿洗澡的时候。她等待着。阿玛尔这会儿肯定落地了。她可能已经在往家里赶了。

　　沙欣迫不及待地想要花些时间重新与阿玛尔建立联系。她想知道的事情太多了：关于西班牙，关于她的课程和未来的规划，关于她离家在外有没有遇见什么特别的人。沙欣也有些事情想让阿玛尔知道，比方说，她不在的这段时间，自己更加努力地试图与丽莎和其他同事打成一片，下班后和他们喝了不少次酒，甚至还相过好些次亲。虽然最后都没成，但约会的过程很有趣，每次结束后她都恨不得马上打电话给阿玛尔，和她讲一讲那些男人，然后一起笑话他们。她们之间就是这样的关系，不仅仅是母女，还是最好的朋友。她知道阿玛尔听到自己去相亲会兴奋地尖叫。虽然在拉尔夫之后也出现过其他男人，但都没有在她心中站稳脚跟，也没有哪一段维持的时间能超过几个月，这两年，阿玛尔不断和母亲讲，让她更认真地对待这件事，还让她试一试网络约会。离家前，阿玛尔在自己的房间收拾行李，沙欣站在门口看着，半开玩笑地问能不能每天给她打电话，结果阿玛尔大笑着说："妈！你就要获得新生，为自己而活了！就算我走了，你也几乎不会注意到的！"沙欣认为，这意味着她拒绝了。

阿玛尔跑去西班牙南部一个偏远的村庄参加瑜伽培训课程，一个星期后给沙欣发了电子邮件，先是描述了自己的房间以及纯素饮食有多么健康，接着解释道，老师们要求他们活在当下，全身心地专注于更高阶的自我，把外界干扰降到最低。"我真的很想好好把握这次机会。所以接下来我无法像以往那样保持联络。有空的时候我会发电子邮件的。学会关机是一件好事——你的广播节目还可以就此话题展开讨论！"她又解释说，大家要上交手机，每个星期只准查看一次。一开始，沙欣很是失落，埋怨课程组织的人没有事先告知学员这一点。后来她查看帕兹瑜伽静修中心的官网时，发现这一条赫然在常见问题与解答页面中，才恍然大悟原来阿玛尔一直瞒着她，没有提前说明自己不在家的这段时间她们无法通话，以免让离别更加难受。

即便在念大学的时候，阿玛尔也是回家和沙欣一起住，每天早上，她都乘地铁从拱门站坐到罗素广场站。不住校是阿玛尔的意思，沙欣虽然从没坚持过，但听到女儿表示不想住宿舍，也不懂住宿舍有什么意义时，她还是松了一口气。"还有，"女儿对沙欣说，"在家住能省不少钱呢！"其实她俩都心知肚明，这根本不是钱的问题。拉尔夫在阿玛尔还是个小女孩的时候就离开了这个家。虽然沙欣早已不再做祷告，可她平常仍然会对着空气低声说话，摩挲木头桌椅上的节疤，庆幸自己有阿玛尔这样一个体贴入微、善解人意的女儿。这些年里，她始终在阿玛尔面前不加掩饰地谈论拉尔夫，也曾不断将自己的悲伤和孤独表露出来，在好多个夜晚坐在浴室地板上哭泣——沙欣有时会怀疑自己是不是做错了。如今的她很好奇阿玛尔还记不记得那些事，但好在女儿已然出落成一个美丽的大姑娘。沙欣经常和丽莎说："她是个圣人。你懂吗，她更像一个亲近的朋友，不像女儿。"家里有三个十几岁男孩的丽莎叹了口气，说她真是幸运极了。

上大学后，阿玛尔日子过得更加自由了，被家庭作业束缚住的时候越来越少，只有母女两人待在家中的夜晚也越来越少，但沙欣仍然对女儿继续出现在这栋位于白厅公园的小房子[1]里心存感激。离婚协议生效后，她们母女俩就搬到了这儿。有时，沙欣在自己的房间里阅读或者为电台午后节目准备制作笔记，听到阿玛尔的钥匙插进门锁，接着她的背包掉在地上，发出轻轻的声响，这让沙欣感到很舒心，就像窝在温暖的床铺中一样。因为自己是在家教很严的环境里长大的，沙欣发誓，绝不给女儿颁布宵禁令，绝不拿严苛的家规或宗教教义压迫她，可她惊讶地发现，阿玛尔是如此地通情达理，尽管她能想做什么就做什么，她却很少惹沙欣操心。阿玛尔是素食主义者，不喝酒。相比泡吧和派对，她更喜欢练瑜伽以及去高尔街听女性主义文学讲座。沙欣曾担心阿玛尔也许会因为拉尔夫，因为她说过的一些话（沙欣知道她说过）而对男人产生戒心，但阿玛尔在大学头两年感情很稳定，有一个很爱她的男友——詹姆斯，一名哲学系学生。两

1　原文为 terraced house，具体指成排相连的房屋中的一栋。

人分手时表现得都很成熟，这令沙欣很吃惊；詹姆斯和阿玛尔现在仍然是亲密的朋友。有时，一想到阿玛尔曾多次听到自己和拉尔夫争吵，听到他们高喊着有多么痛恨彼此，多么希望对方在独生女儿面前死掉，沙欣便感到羞愧。

尽管沙欣对阿玛尔和自己保证过不会哭，但在机场她还是张开双臂拥抱阿玛尔，掉下了眼泪。"我会特别想你的，"她哽咽着说道，"千万记得给我打电话！我知道你会很忙，但要是有空的话，就打给我吧，好不好？"阿玛尔却握着母亲的双手说："妈妈，这个课程对我很重要。再说稍微歇一歇对你也有好处，不是吗？"沙欣淌着泪小声抽泣，勉强挤出笑容，点了点头。阿玛尔通过安检后，沙欣局促不安地在登机口附近的塑料硬座上坐了二十分钟，双手捂着脸轻声哭泣。

过了一会儿，沙欣琢磨起阿玛尔说的"稍微歇一歇"是什么意思，感觉她们好像是彼此的负担，但她随即摇了摇头，怪自己想法太过刻薄，简直荒唐。她的乖女儿肯定不是这个意思。

沙欣一直等到晚上七点，距离阿玛尔说的到家时间已经晚了一个小时，然后终于拨出了电话，想要联系女儿。通话直接转到了语音信箱，她这才注意到阿玛尔的自动回复和之前不一样了，多了一句西班牙问候语。她猜想，也许阿玛尔正在从希思罗机场出发的地铁上。但航班是准时降落的，她现在本应该已经到家了。沙欣一遍又一遍地打电话，然而阿玛尔就是不接，于是她现在开始担心了。她拿出笔记本电脑，找到瑜伽静修中心的联系方式。或许女儿错过了登机，又或许她手机丢了。不能自己吓唬自己。说不定静修中心知道，她得给他们打电话问问。等到终于有个男人接通电话的时候，沙欣早就慌了，正在客厅里来回踱步。

"啊，是的，你好，buenas noches[1]，我找……我……您会说英语吗？"听到男人肯定的回答，她紧张地干笑了两声。"谢天谢地，不知道您能不能帮我

1　西班牙语，意思是"晚上好"。

个忙。我在找我女儿，阿玛尔，阿玛尔·柯普兰。她，呃，她在你们的静修中心待了……待了好几个月了，有九个月，她参加了一个培训课程，本来今天要回英国的家，我一直在等她。她现在本应该已经到家了，但我还没有她的消息，您知道她有没有按时退房吗?"

那人笑了笑，笑声很低沉，很煽情，但并无恶意。"女士，我们跟酒店不一样，没有退房服务。"他是欧式口音，带着一种美式口音的圆润，她发现自己听得懂他说的话，大大地松了口气。

"哦，好的，抱歉。我的意思是——她按时离开了吗? 她去坐飞机了吗? 我只是，我很担心。她没接电话，我想知道她是不是错过了航班，你们有人知道吗?"

他答道:"没事，请您放宽心。"他的英语虽然听起来很流利，但他讲得很慢，再加上语调像在唱歌，所以令沙欣相当心烦。"阿玛尔很好。她会在这里多待一阵子。其实她打算接下来为我们工作，毕竟她已经拿到了瑜伽资格证。她可能没办法用电脑或者自己的手机早些告知您，但您不必担心。她很好。我刚刚才看见她，她很开心。"

来回踱步的沙欣顿住了，然后紧紧抓住了餐椅的椅背。再开口时，她从喉咙深处某个肉乎乎的地方发出的嗓音既低沉，又粗重。"你这是什么意思？什么叫她'为你们工作'？她人在哪里？她应该回家，立刻回家。你让她接电话，我现在就要和她通话。"她命令道。

"您的担心我理解，但请放宽心，她很好。我半小时前才碰见过她，"他说起话来带有一种让沙欣觉得很傲慢的坚定语气，"这会儿她正在做晚间冥想，根据我们静修中心的守则，我们不能打扰她修习。"

"你胡说什么？什么叫你们静修中心的守则？"沙欣恼火了，"我要和我女儿通话，马上！"

"柯普兰太太，请您务必冷静。"男人提高了音量。

"我要……"

"我可以明天让她给您打电话。"

"我今晚就飞过去……"

"您明天就能和她说话。"

"不行，就现在！"

"柯普兰太……"

"我不叫柯普兰太太！"她终于大叫了起来。他叹了口气："我已经尽力了。已经尽力了。"

沙欣想不出来还能说些什么。她身子一软，重新坐回到硬木餐椅上，冰冷的手掌捂住了又热又沉的额头。男人再次用缓慢而煽情的嗓音说道："阿玛尔想留在这里。我们给了她一份工作。她不愿离开。您必须尊重她的意愿。您必须把她放在首位。"

"把她放——你什么意思？她跟你说了什么？我一直都把她放在首位啊。"

"明天。明天她会给您打电话。Namaste。[1]"

电话挂断了。

沙欣呆坐着，双手抱头，这时手机响了，她收到了一条消息，是丽莎发来的，她预祝她俩度过一个美好的夜晚，并让沙欣替她向阿玛尔问好。沙欣将手机朝墙上扔去，过了一会儿，她把做意面酱的稠奶油倒进洗涤槽，又将布朗尼蛋糕塞进了垃圾桶。

1　印度人常用的问候语，梵语原义为"向你鞠躬致意"。在向别人说这问候语时，通常还会将双手合拢置于胸前，并微微点头。在瑜伽开始和结束时，人们常用此词，以表示尊重和感谢。

每当有人问起，沙欣一律回答阿玛尔在最后关头改变了计划，决定在西班牙再待一段时间，类似于延长了间隔年，她打算先做做瑜伽老师，再回英国参加毕业生招聘。沙欣没有密友，她认识的人当中，丽莎与她走得最近，最终她也只跟丽莎袒露了自己的秘密。

她俩来到广播电台演播室附近一家用灰泥粉饰过的葡萄酒酒吧，坐在高脚凳上喝酒。"我一直在想，"沙欣说，"我到底做得对不对。我与拉尔夫之间发生的一切，是本该我独自承担的痛苦，但我却把它变成了我们的痛苦。也许这么做很过分。也许我本该把她保护得更好。那时她还只是一个小孩。老实说，每次她周末和拉尔夫一起，我都不会掩饰自己的感受。她从小就知道我的伤痛，知道情况有多糟糕。"

"沙欣，你自己也说过，她是个圣人。再说孩子去练瑜伽算哪门子的叛逆呢？你也用不着担心。她很快就会回家的，"丽莎说，"你把她培养得很好，而且几乎是你一手把她拉扯大的。你应该为她感到骄傲，为你自己感到骄傲。她只是需要空间而已。"

瑜伽本该只是为了好玩，本该是毕业后的一项消遣，让人有时间考虑一下自己想要从事何种职业。沙欣曾提出在广播电台给阿玛尔安排实习，带她入行，她经常说女儿口齿清晰，落落大方，有吸引力、亲和力，具备成为一名节目主持人或者广播记者的素质，没想到身边有大把朋友想进媒体行业的阿玛尔对此似乎并不感兴趣。"我不想让人觉得我是靠关系，"她说，"我希望我的工作……有意义。也许我会从事慈善工作，或者进非政府组织。我还没想好。"

拉尔夫在企业的财务部门就职，沙欣经常称呼他为丑陋的资本主义野兽，而她自己多年来一直兢兢业业地工作，在偏爱牛津和剑桥出身员工的广播电台做到了资深制作人的位置，于是她反驳阿玛尔："我的工作是有意义的。至少和他的不一样！"阿玛尔也马上回嘴道："妈，你说得不对。"但还没等沙欣再开口，阿玛尔就换了话题，说自己一直在考虑更专业地修习瑜伽。

"瑜伽不单是强身健体，"她说，"它还蕴含着哲学。特别启发智慧，特别滋养精神。它让我感到特别自在，特别完整。我觉得这正是我一直缺失的东西。你明白吗？"

沙欣并不明白。事实上，沙欣觉得阿玛尔对瑜伽的热忱透着一丝傻气，这股热忱最早出现在六年级，后来逐渐变为一种日常习惯。但是，她当然从来没对阿玛尔这么说过，她一直告诫自己，不能干涉女儿的成长，大事小情要让女儿自己拿主意，别像她自己的父母，因为她未婚先孕而惩罚她，结果与她断绝了关系。他们坚持让拉尔夫和沙欣结婚，沙欣曾希望这么做能挽回他们，但最后还是没能得偿所愿。也因此，当阿玛尔告诉沙欣她想接受瑜伽教练培训，并且在西班牙一处改建的农舍里找到了心仪的课程时，沙欣没有劝她打消念头。只是一次冒险罢了。她咽下了批评和担心——担心阿玛尔毕业后可能会错过更优质的工作机会——而是支付了女儿的瑜伽培训费，坚持将她的住宿升级为带盥洗室的单人套间，让她可以有一些隐私，还花了不少钱从汉普斯特德一家昂贵的精品店里购置了时髦的瑜伽紧身裤。她之所以做这一切，都是因为她怀着阿玛尔时曾经低声对未出世的女儿说，她会做让孩子活得自由的母亲，不会像自己所熟悉的唯一一种母亲那样，用内疚或者恐吓将孩子绑在身边。

阿玛尔第二天并没有打电话，但她在黎明时分给母亲写了一封三段长的电子邮件。"妈妈！我很抱歉!!!"她这样写道，好像只是在回家的路上忘了取牛奶。阿玛尔解释说，自己本来已经把所有东西都打包好了，正准备离开静修中心去机场，结果那个与沙欣通过话的男人爱德华多送上了一份惊喜——邀请她留下来工作。"就是这样!"阿玛尔说，她无法拒绝这个机会，毕竟自己可以一边以她如此热爱的瑜伽为事业，一边还有工资拿。但是等她把行李重新取出，搬进员工宿舍的新住处时，她已经无法进入电脑室了，那里每天都会锁上几小时。至于为什么电话也不打一个，她没有说。

她最后写道："希望你不要太烦心，我知道你盼着我回家，但愿我没有让你过分烦恼。可正如我之前所说，我很看重这件事，我觉得当下把自己放在首位很重要。我最近思考了很多，既回顾了过去，又规划了未来。这是我得去做的事情。你能明白吗？希望你可以理解。对于你给予的支持以及你为我所做的一切，我表示感激。有空时我会和你联络的。"

又来了，她再一次提到需要把她自己放在首位。"可我总是把你放在首位啊，"她想这样回复，"你到底要表达什么意思？"但沙欣做不到，因为每当她坐下来准备回复女儿时，她都会感到困惑无措，手指颤抖。以前，阿玛尔经常在工作时给母亲发信息，落款处还加上了"爱你！"的字样。可她现在就像天边的月亮一样，是如此地遥不可及，沙欣想不通。她花了几个星期才把回信发出去，最终只写了一句话："我哪里做错了？"她始终没有收到回复。

几个月过去了。沙欣大多数时候都让阿玛尔卧室的门关着，毕竟她没有理由进去。有一次清洁工出来时把门敞开了，沙欣上前去关好，看到桌上还放着那个装了马蹄形项链的棕色小盒子。沙欣把它和其他用不上的旧东西一起扫进了垃圾箱。

沙欣不顾丽莎的劝阻，请好了假，并且订好了飞往西班牙的航班。"你可千万别去大闹一场，"丽莎苦口婆心道，"你可千万别当那种母亲。她会回到你身边的，再等等看。"但沙欣不能坐在那里干等，因为她就是那种母亲，她怎么可能不是呢，还因为事到如今，她并没有十足的把握确信阿玛尔最后会回到自己身边。她对丽莎说："我必须试试。"

订好了航班和酒店后，沙欣考虑着要不要提前给阿玛尔打电话或者留个消息，告诉她自己要来了，可她又记起那个接她电话的爱德华多上次表现得非常傲慢。此外，她也实在害怕阿玛尔知道了自己来会想办法阻止，或者干脆在她到的时候想办法躲出去。

沙欣在飞机上根本坐不住，膝盖和两脚都在打战，好像有一股微弱的电流穿过她的双腿。她将将坐在座位边沿，时而感到兴奋——仿佛她策划了一场惊喜派对，而派对即将开场——时而因为担心而感到身体不适，每次闭上眼想睡一会儿，眼前却总是出现闪亮的白点。飞机终于降落了，沙欣坐上预约的去静修处的车，为自己的先见之明感到庆幸不已，毕竟以现在这种状态，她是没办法在路上开车的。她的这位司机看起来好像从生下来就暴露在阳光下似的，脸部和手上的皮肤不仅颜色像杏仁的外皮，就连皱巴巴的质地也很像。他身上有一股香烟的气味，尽管室外温度逼近三十二度，他还是在白色Ｔ恤上又罩了一件皮夹克。他自我介绍说他叫曼努埃尔，并试图用英语闲聊几句，但抿着嘴唇、额头抵在车窗上的沙欣很快止住了话头。窗外黄沙漫天的景色匆匆掠过，原本的满心期待也在不知不觉中变为筋疲力尽。迷迷糊糊间，沙欣沉沉地睡着了。三个小时后，她猛然惊醒，与此同时，曼努埃尔刚好熄灭引擎，说："女士，我们到了。"她感到猝不及防，口干舌燥，嘴里发酸，吐出的气息带了一股久没换过的床单的味道。她伸手捋了捋头发，说："谢谢你，可以麻烦你等一下吗？"

她下了车，路面干燥，空气中弥漫着浓郁而芬芳的花香，紫色和黄色的野花挤在一条土路上，路的那头是带大门的高栅栏。沙欣按下门旁的蜂鸣器，等待着。没有人来。她再次按下蜂鸣器。她瞥了曼努埃尔一眼，带着一丝歉意，无力地微微一笑，他举起一只手，努努嘴，好像在说，没关系，有的是时间。十五分钟后，一个年轻人，准确地说，是一个穿着白色宽松裤子和粉色Ｔ恤的男孩，跑过来开了门。他气喘吁吁，用西班牙语飞快地说着什么，指了指身后那座他们刚好能看见的农舍。

"对不起，我听不懂，"沙欣开口道，"你会说英语吗?"男孩摇了摇头。她掏出手机，想用谷歌翻译，但页面怎么都加载不出来。她转头去看曼努埃尔，他正靠在车上抽烟。她无助地冲他耸耸肩，接着曼努埃尔丢掉香烟，用脚碾灭，大步朝她走来。

"曼努埃尔，能不能请你帮个忙?"她的视线在他和男孩之间流转。"可不可以拜托你告诉他，我来找我女儿。阿玛尔，A-M-A-L。你跟他说，我是从英国来的，我很久没见我女儿了，我只想见她一面。"

"我明白了。"曼努埃尔点点头，然后转向那个男孩，转述了她的来意。男孩说："啊，阿玛尔，sí[1]，阿玛尔。"沙欣倒抽一口气。

"Sí，sí，是的，阿玛尔，我的女儿。"她边说边用手轻轻拍打自己的胸口，意思是，她是我女儿，她是我女儿。男孩继续说话，耸了耸肩，曼努埃尔叽里咕噜回复了一大串，沙欣只听明白了他最后说的那个词

1　西班牙语，表达"是""对"等肯定的信息。

"Gracias[1]"，说完男孩便转身顺着小路往回跑了。他走后，大门便严丝合缝地关上了，锁也咔嗒一声锁上了。

"他怎么说？是要去把她给我叫来吗？"沙欣的声音簌簌颤抖，仿若一只蝴蝶，又像一只蜜蜂。

曼努埃尔说："他要看看有没有人能过来。"他脸上布满了皱纹，但面相并不刻薄。"你女儿，她来这里多久了？"

"快一年了。" 沙欣点点头，她咬着下唇在手提包里摸索太阳镜。曼努埃尔什么也没说。他走向自己的车，回来时拿了两瓶瓶装水，水是温的。"Gracias。"沙欣低声说道。她也不管衣服脏不脏了，直接坐在泥泞的小路上。曼努埃尔在四周徘徊，远远地绕着圈打转，伸伸懒腰，一会儿看看手表，一会儿又看看手机。

"真是抱歉，"沙欣说，"让你等这么久，真是谢谢了。我会付钱给你的。"

"你说什么时候走，我就什么时候走，"他说，"不

---

1 西班牙语，意思是"谢谢"。

着急。"

大门再次打开，沙欣急忙站了起来。那个男孩回来了，但不是和阿玛尔，而是和一个男人在一起。那人年纪稍长，瘦骨嶙峋，剃光了的脑袋黝黑发亮。他穿着白色的薄裤子，裤子在脚踝处打了个结，裤腿周围松松垮垮的，跟男孩那条裤子一样，上身穿着一件灰色 T 恤，胸前印着打印体的"帕兹"。他先后冲曼努埃尔和沙欣微微一笑，然后双手在胸前合十祈祷。

"柯普兰太太，我们几个月前通过电话，"那人开口说，"我就是爱德华多。"他一只手按住胸口，继续介绍自己，又补充着说道："欢迎来到帕兹，我们的平和之家。"说完他便颔了颔首。净是些瑜伽礼仪，沙欣不知道怎么回应。所以，他就是爱德华多，她这样想着，立刻感到胸口发紧。

"嗯，你好。其实我不叫柯普兰太太，我是阿玛尔的母亲，我的名字是沙欣·汗，柯普兰是阿玛尔父亲的姓，不过这不重要。"她一口气说了好多话，都开始气喘吁吁了。"是这样的，我来是看我女儿的。我要见我女儿，"她说，"拜托你了，爱德华多，你能带我去见她吗？或者带她来见我？你能告诉她我来了吗？可以吗？拜托你了，真的拜托你了。"

"你们家里有人死去吗？"爱德华多的问题直接到把沙欣问蒙了。

"什么？没有。我只是，我已经好几个月、快一年没见她，也没和她说话了，我——"

"阿玛尔已经踏上了一段静默的冥想之旅。除非出现特别紧急的情况，比如亲人去世，我们才会打断她的静坐。即便如此，我们也不能说打断就马上打断，必须等待合适的时机。不过眼下，依我看，没什么紧急情况吧？"

沙欣感觉自己的指节攥成了拳头，用尽了全身的力气才忍住没冲这个男人挥过去。她清了清嗓子，嗓音却依旧低沉沙哑。

"爱德华多，紧急情况就是我女儿被你扣下了。你把她在这里关了快一年。我现在要见她，不然我发誓我会报警的。"她紧紧捏着手机。

爱德华多用西班牙语朝那个男孩说了些什么，然后拿英语以一种平静且沉着、却只令沙欣愈发失去理智的语调说："警察不会来这里的，柯普——汗太太。帕兹是一个平和的地方，一个冥想的地方。阿玛尔来这里是为了寻求平和。我可以向你保证，我没有把她扣在这里。留在这里完全是她自愿。她不想离开，我又能说什么呢？要是你来之前给我打个电话，就不用白跑这一趟。"

沙欣震惊极了，她看了看曼努埃尔的脸，又看了看那个男孩的，然后再次看着爱德华多的脸。"我不会白跑一趟。我就在这里等着。如果这里真是'平和之家'，那你至少应该请客人进去吧。"

爱德华多再次颔首行礼。"我们热忱欢迎所有前来加入的人。但出于安全和空间方面的考虑，我们对不是为瑜伽而来的访客也有规定，所以很遗憾，我不能让你进去。你愿意等多久都可以，只要这位好心的先生，"他朝曼努埃尔做了个手势，"不会一直打表计时，免得你的钱都花光！"

"安全考虑？空间？你听听你在说些什么？这里的空间大得要死，"她生气地指着四周绵延的田野和远处的农舍，"让我进去！"沙欣推搡着爱德华多的前胸，曼努埃尔赶紧上前挡在两人之间，这时爱德华多举起双手，一边倒退一边说："欸，欸，别这样，这样可不行。"

一片混乱中，爱德华多关上了身后的大门。"你明天想再来也可以，柯普兰太太，不好意思，我是说汗太太，我们只会把今天的对话重复一遍。但阿玛尔是不会见你的。眼下她正经受着极大的耐心考验。你应该为她的专注感到自豪，而不是感到愤怒。我顶多可以帮你写个便条给她。但我已经非常了解阿玛尔，她非常投入，我不认为她会愿意中断冥想。抱歉，我不能强迫她，不过我也不想强迫她。这件事对她来说很重要，你必须尊重这一点。再见，柯普兰太太；汗太太。Namaste。"

爱德华多鞠了一躬，转身离开，那个男孩也跟在他身旁，沙欣隔着栅栏，看着他们的身影越走越远。他们并没有回头。那一刻，沮丧吞没了沙欣，等她反应过来时，自己正呜呜哭个不停，眼泪也流到了曼努埃尔的 T 恤上，她闻着烟草和皮革的气味，还在不时地轻轻抽气。他不知什么时候已经将一只手轻轻放在了她的后脑勺上。

去酒店的路上，曼努埃尔主动提出在沙欣旅行期间全程给予她帮助。第二天早上，他八点开车接上沙欣，再次带她去帕兹，在那里，沙欣与另一名工作人员在大门口进行了一番和前一天大同小异的对话，最后她还是放弃了，他只好将她送回酒店。曼努埃尔就这样载着沙欣连续往返了三天。爱德华多再没有来过大门口，每次来的人都不一样，还都不会说英语。回到酒店后，沙欣在每天剩下的时间里都会暂时蒙掉，茫然地切换电视频道，点了餐又忘记吃，然后给阿玛尔写电子邮件，邮件里的她情绪波动很大，时而出离愤怒，时而愧疚不已，可怜巴巴地求女儿回家。阿玛尔没有回复。晚上，沙欣要花几个小时才能入睡，等到终于入睡时，她总是累得一动不动睡到天亮。最后一天，她原本计划让曼努埃尔最后再带她去一趟帕兹，然后从那里去机场。在路上，他正要往静修中心的方向转弯，这时沙欣伸手碰了碰他的肩膀说："不，不用了。请直接去机场。"

她在航站楼改签了航班，转而要飞往巴黎。两天前她已经想好了。她无法接受就这样回伦敦，现在还接受不了。心血来潮去趟巴黎是她负担得起的自由；阿玛尔离开后，为了避免回去守着一座孤零零、空荡荡的房子，她在工作室度过了无数个夜晚，结果得到了晋升。等待新航班起飞的时候，她满不在乎地预订了香榭丽舍大街附近一家五星级酒店的豪华套房，不为别的，只是因为她付得起。

置身巴黎，她觉得周围的世界仿佛在旋转。头一个晚上，她从梦中惊醒，梦里她看见自己踏上一条宽阔的马路，径直闯入了呼啸而过的车流。头一个白天，她硬着头皮出去走了走，却被那些疯狂渴求关注的旗舰店的喧闹声和明亮的灯光淹没，于是又折返回来。有天晚上，她在床上熬夜看了一部电影，可直到开始播放片尾字幕，她才意识到自己完全不知道那电影演的是什么，甚至在电影结束两分钟后，如果有人问她主角是谁，她都答不上来。还有一次，她晚上前往酒店的水疗中心，路上看到有人正在上瑜伽课，便停下脚步隔着门观察着。她很想砸碎玻璃，告诉里面的人他们看起来有多么可笑。

多年前，学生时代的沙欣在巴黎待过一段时间，那时她还没遇见拉尔夫。她参加的是大学里的一个暑期交流项目，停留的时间不长，顶多一个月。沙欣几乎把那次短途旅行的经历忘得一干二净，虽然当时她费尽口舌，再加上大学导师亲自写了封信，父母才同意放她走。独自在酒店的宴会厅吃晚饭时，她这才意识到自己又一次孤身一人来到了这个陌生的地方。沙欣想起以往的每一个假期，她带阿玛尔去过的每一处地方，自己做过的一切，全都是为了阿玛尔，为了带她领略这个世界，让她感觉到被爱。"我觉得当下把自己放在首位很重要。"阿玛尔这样写道。对此沙欣想说："可是自打你出生起我就把你放在首位啊。"第一次，在巴黎这个远离了她与阿玛尔共同创造、为阿玛尔而创造的家，远离了她情不自禁地在地铁攒动的人头中寻找女儿后脑勺的城市，她意识到自己无须在意其他任何人。对面餐桌的一个黑发年轻男人对上了她的目光，他冲她微笑，带着她觉得幼稚的迟疑。她的头发现在更短了，总也减不下来的体重也减掉了，她并没有刻意去努力，只是觉得自己一个人做饭吃很浪费时间。她曾经柔和的双眼现在闪烁着冷漠，过去丰满的脸颊也凹陷了下去，线条感增强，她知道自己平添了某种气质，并且猜想这会吸引到某些男人。或许是由于她孤独且愤怒，但主要是因为她想重温掌控一切的感觉，鬼使神差下，沙欣让这个年轻人给自己买了一杯酒、两杯酒，然后任由自己把他引到她楼上的套房。她让他进入她。她让他一次又一次地占有她，直到她感觉到了什么，直到她又什么都感觉不到。黎明时分，沙欣醒了过来，发现那个年轻人还在身旁熟睡。她双手捂嘴，惊恐得难以置信，伸出一只脚把那人踹开，叫醒了他，告诉他他得走了。怒火使她嗓音颤抖，但沙欣无法喊叫，只能挤出愤怒的低语。

当天晚些时候，沙欣乘上了返回英格兰的航班。她茫然地盯着窗外，瘫在座位上，一直避免与前排的小男孩目光接触，那孩子一个劲地转过身来，拼命想和她玩捉迷藏游戏。男孩的母亲丝毫没有对儿子表现出不满，反倒好像在鼓励他嬉闹的行为，并欣然听着周围乘客夸赞他非常可爱，沙欣只觉得她真是可怜。那孩子非要一次又一次转身，粉红色的指尖从座位中间探过来。沙欣强忍住没去掐他的手指，或者用飞机上的杂志像赶苍蝇似的拍打，好像它们是小小的肥苍蝇。最后，她不带一丝笑容地盯着他看，他被她刻薄的表情吓到，退回去不再打扰，可沙欣那时却感觉很糟糕。

飞机刚一降落，她就马上查看手机消息，却仍然没有收到阿玛尔发来的只言片语。第二天，沙欣打电话声称自己食物中毒，请了病假，结果拖到下个星期才去上班，并且满口都是善意的小小谎言——每当有同事问她旅行怎么样，她都表示虽然病了，但假期很棒。若他们追问阿玛尔的情况，她便假装兴高采烈地说："哦，你也知道。她在享受自己的人生。"有时她会详细解释一番，还热情洋溢地补充道："那边的一切都太美了，就算她不想回伦敦，我也不会怪她。"

她只将真相告诉了丽莎：阿玛尔不想见她，而且她发的消息阿玛尔一条也没回。"我不知道该怎么办。"沙欣费了很大的气力才讲完这句话，每个字都像是卡在她喉咙里的一颗鹅卵石。丽莎伸出双臂搂住沙欣，然而沙欣只是站在原地，两只手臂沉重地垂在身侧，令这个拥抱显得尴尬且一厢情愿。丽莎眼中噙着泪水，同情地看着她，看得沙欣心里更不是滋味，她脑子里只能想到丽莎有丈夫，有三个十几岁的儿子，而自己却什么都没有，她甚至说不出为什么。

这几个月，沙欣变得健忘了。她经常错过地铁站和公交站，或者坐错了方向，还不知道自己打算去哪里。购物的时候，她想不起要买什么，或者不知道为什么一开始会走进这家店。她常常觉得仿佛周围的世界在旋转，怀疑这就是遭受了脑震荡后的感觉。她的头部、心脏好似遭到了重击——就是那种感觉，失去阿玛尔的感觉。

有时，沙欣会想起在巴黎的那个夜晚以及那个她甚至不知姓名的年轻人。她记得，至少在那天晚上，自己的处境没有那么难以承受。她尝试去重现那种感觉。一天晚上，她在下班后独自溜进一家酒店的酒吧，希望能来一场邂逅，虽然有个男人接近了她，虽然他看起来好像已经吻过她，但沙欣却觉得既不自在也不舒服。最后，她扯了个借口离开，结果那男人在她身后冷笑起来，还用讽刺的口吻感谢她浪费了自己的时间。她用手猛敲脑门，反复问自己他妈的到底在干什么，只对自己深感厌恶。从那之后，她陷入了两个极端，要么义正词严地告诉自己她一个人过得很好，不想要也不需要任何人，甚至连阿玛尔也不需要，要么马上又为自己的孤独痛哭流涕，哭得头脑发蒙，头痛欲裂。

事情终于在来年春天出现了转机，沙欣受丽莎之邀，去她家里参加户外烧烤派对。在那里，丽莎把她介绍给了他们家的一位朋友菲利普。菲利普离过婚，独居在蹲尾区的一栋大房子里，养了两只优雅的俄罗斯蓝猫。他礼貌而友善地对沙欣微笑，然后说："我听说过很多关于你的事。"她吓到了，脸却也红了。整个下午，他都陪在沙欣身边，要是他们分开了，结果沙欣和别人聊起天来，他便找机会回到她身边，递给她一杯气泡水，或者端上一碗甜点。丽莎不时向他们投来鼓励的一瞥。沙欣站在盥洗室，盯着镜中的自己，筛了一遍手里的人选，发现没有更喜欢的了。等从盥洗室出来，穿过草坪走回去时，她已经做出了决定：她要把自己的心抛给菲利普，希望他能够接住。菲利普提议散场后一起结伴在公园里散散步，她欣然应允。

她是如此厌倦回荡在周身的巨大空虚，而他对她却是如此专注。他陪伴得越久，她愈发意识到自己对得到他人的爱恋有多怀念，男人一个简单的动作——主动牵她的手，手指碰到她的手肘、内腕或者后腰，单是这些微小的瞬间，便足以让她感动到流泪。菲利普待她很温柔。日子一天天过去，他让她有了正常的家庭生活，中间穿插着令她的人生变得完整的家长里短。在他家门口，她还在翻手提包深处他给的钥匙，他已经为她打开了前门。他为她准备饭菜，做了一盘盘可口的食物、浓稠的汤品和丰盛的烤肉，晚上还抱着她入睡。沙欣没有立即告诉他阿玛尔的事，担心说了也会让他觉得自己令人无法忍受。最终，两人聊天时不知怎么谈起了这件事，这时他深深地叹了口气，说："我总感觉你缺失了一部分。"不知怎么回事，这让她更想和他在一起了。

有一次，菲利普去参加会议，要出门一个星期，沙欣独自蜷缩在他家客厅的沙发上，时隔多年第一次拨通了拉尔夫的电话。尽管他们很久以前就达成共识，只通过彼此的律师沟通，可沙欣却莫名地迫切要问他那个自己非常惧怕的问题："你和她说过话了吗？你知道她在哪儿吗？"沙欣是最后才想到阿玛尔也许会跟拉尔夫联络的，因为这在她看来很荒谬。沙欣和阿玛尔是一伙的，一直以来都是如此；一直以来都是她俩去对抗这个世界。但那都是过去的事了，而现在，沙欣唯一确定的是自己根本不了解阿玛尔。拉尔夫没有接听，沙欣松了一口气，这样一来，她只用留条语音信息就好了。"拉尔夫，是我，沙欣。是这样，我……我不确定你知不知道，我确信她肯定告诉你了，阿玛尔在西班牙，另外……我联系不上她。我只是，你知道，只是想知道你有没有她的电话号码。有没有收到什么消息。请告诉我。好的。谢谢你。谢谢。"

拉尔夫没有回电话，但几天后，他给她发了一封简短的正式电子邮件，显得有些困惑。他说，阿玛尔已经离开西班牙，在纽约找了份新工作，安顿了下来，和男朋友一起住在布鲁克林。"她没告诉你吗?"他如是问道。在沙欣看来，他的语气里似乎透着一丝洋洋得意的意味，她只希望能躲得远远的。她花了几天时间才反应过来：阿玛尔在给拉尔夫发邮件，是的，是拉尔夫，她把生活近况告诉了他，而不是自己。等到沙欣反应过来后，她原本正一个人在菲利普家阳光明媚的厨房里，端着一杯水小口喝着，结果这时手中的杯子突然掉落，她看着自己紧紧抓着厨房中岛，跪在地上，一声浑重的哭喊从她嗓子深处逃了出来，吓得猫儿们瞪大了眼睛，四散逃窜。

最终沙欣搬进了菲利普家。她鼓起勇气清空了阿玛尔的卧室，原本还担心这会让她痛苦难当，结果她什么感觉也没有，只是些杂物，仅此而已。阿玛尔不再回邮件后，沙欣起初还会坐在笔记本电脑前，有板有眼地在网上搜索她，但阿玛尔将自己的隐私保护得很好。沙欣继续每年在她生日时发一封电子邮件，都很长，在信中，她小心翼翼地不让自己表露出怨恨之情，但到了第三年，她只是写道："无论你在哪里，无论你在做什么，我都希望你快乐。"此后，她不确定是否还要继续写下去。有一次，她曾考虑给詹姆斯发电子邮件，询问阿玛尔是否向他透露过什么事，好弄明白她为什么需要把自己放在首位、把母亲推开，但最后她意识到，也许世事有时就是如此，就如同月有阴晴圆缺，天空云卷云舒，有些夜晚乌云会遮住星星。从某种意义来说，沙欣不也是这么对自己父母的吗，就像他们也是这么对她一样；尽管她早已不信神，但偶尔也会怀疑之所以发生这一切，是不是因为她遭到了命运的虐待或报复。她有过太多的误解，最后只好得出结论：或许阿玛尔与她一起待在家里时并不像她想象的那么快乐。或许沙欣太过分了。或许她过分依赖女儿，把她当成自己的全部。或许没有她，阿玛尔会更快乐。或许到最后，事情真的就是如此简单。

沙欣将阿玛尔的名字设置为搜索引擎的监控关键词，不过很少收到更新，当然也从来没有任何信息暴露她个人生活的蛛丝马迹。有一次，阿玛尔的名字出现在一场加州国际瑜伽峰会的与会者名单上；还有一次，她的名字出现在蒙特利尔某家酒店的评论里。但那些都是很久以前的事了，而且沙欣也就只有这些发现。几年下来，她联系过拉尔夫一两次，并且确信自己找的借口他一眼便能看穿，比如阿玛尔的邮箱满了，她发的邮件被退回，要么是服务器出现了故障，导致她的收件箱神奇地自动清空，结果阿玛尔发来的邮件都没了。其实她只是想知道：他有没有收到她的消息？她还好吗？当他回复——每次都只有寥寥几句——道，有的，她还好，沙欣并没有感到特别心碎，也许是因为她那颗心已经碎无可碎了，又或许是因为只要知道阿玛尔还活着、没有她也过得很好便足够了。

有时，她会不自觉地在谷歌上搜索私家侦探，不过每每在打开对方的联系页面时便猛地清醒过来。有时，沙欣觉得阿玛尔不可能在网上几乎不留什么痕迹，这个念头就这么存在于她的大脑深处，等待着得到检验。一个星期天，菲利普在做午饭，沙欣盘腿坐在沙发上，咖啡桌上放着一杯酒，两只猫瘫在身旁，她面对着笔记本电脑，打算在网上读书评，却不自觉地点开了谷歌。这一次，她没有输入"阿玛尔·柯普兰"，一个小小的想法涌上心头，她输入了阿玛尔的中间名，拉尔夫一直都很青睐这个名字。女儿出生之前，他俩就为给她起名争论不休。阿玛尔这个名字某种程度上是沙欣在女儿出生时赋予她的一种姿态，为的是将她与自己过去的很小一部分联系起来，尽管拉尔夫认为没有这个必要。她不知道为什么以前从来没想到试这个名字。多么明显啊。瞬间，她就现身了。玛莎·柯普兰。

玛莎·柯普兰的生活仍然非常隐秘，依旧隐藏在她离开北伦敦后去的那个世界里，但至少如今有了一点点线索：在某个网站的个人资料页面有一个小小的圆形头像，头像里止是她那张可爱的脸庞以及那双亮闪闪的棕色眼睛；在另一张照片里，她的头靠在一个英俊年轻人的肩膀上，她的名字也被列了出来，头衔是纽约一家颇受欢迎的女性网络团体的健康总监。沙欣观察着玛莎·柯普兰，研究着组成她脸庞的像素，现在的她可不是一个刚从大学毕业的女孩，而是一个女人。她有一种奇怪的感觉，仿佛自己在坠落，这种感觉贯穿了她的思绪，贯穿了她的身体，与此同时，她觉得自己的心在皮肤下跳动，仿佛随时都可能停止。所以这才是你，她想。这才是你现在的样子。她没有哭，她没有点关注或者申请添加好友。但她还是忍不住伸出手来，小手指指尖像蹭一小片面包屑那样去触碰装着女儿那张脸的那个小圆圈。厨房里传来菲利普的声音，说午餐已经准备好了。她合上笔记本电脑，推开了它。猫儿们窝在她的腿上。阿玛尔。这个名字原本的意思是"希望"或类似的某种东西，但沙欣猜想，也许这已经不再重要了。

浸 透

上次他们出远门还是在宝宝出生之前。肖娜浑身发抖。旅馆相当气派，是一栋三层高的老房子，属于乔治王朝风格，但方方面面都很陈旧且效率低下，尤其是嘎嘎作响的供暖设备。肖娜将大腿后侧贴在餐厅窗户下厚重的铸铁暖气片上，但热气稀薄，隔着牛仔裤几乎感受不到。后颈和鼻尖上的冷意让她像是回到了篝火节之夜。此刻她只盼有一杯滚烫的咖啡，用双手捧着它。但她还在哺乳期，咖啡则是又一样她不能碰的东西，在她心中的自我牺牲清单上，这一条名列前茅。

三个月大的拉菲睡眠不好，与肖娜所在的 NCT[1]

1　即英国国家生育信托基金（National Childbirth Trust）。

小组中其他妈妈的婴儿不同，他们每天晚上都可以美美地一整觉睡到天亮，活像喝饱了牛奶的小猫。在那些最难熬的夜晚，哈伦会把自己手机上的文章大声读给她听，上面说，即使最少量的咖啡因也会渗入母乳，让婴儿一连几小时不眠不休。每次拉菲醒着的时候，他都一脸疑惑地问她："你确定你今天没喝咖啡?"好像儿子之所以在晚上这么痛苦，只有这么一个原因。有段日子，她想咖啡因想得发狂，便对那一研究结果嗤之以鼻，并向咖啡投了降。有一次她喝了三杯美式，结果那天晚上拉菲醒了八回。她想象一滴滴深色的浓稠咖啡液闪耀着光泽，通过她水汪汪的母乳——颜色像淡黄色的黄油——渗入宝宝柔嫩嫩热乎乎的嘴巴。

昨晚拉菲醒了六次，而她已经快两个星期没喝过咖啡了。

哈伦抱着像海螺壳一样蜷缩在他肩头的拉菲，与旅馆的主人格雷戈里绘声绘色地闲聊，这里的生意是他与妻子丽莎一起经营的。他是个高个子男人，有一头茂密的白发，脸颊闪闪发亮，像圣诞树的装饰球。断断续续的血管分布在细长的鼻梁两侧，就像蜘蛛腿一样。肖娜扯起嘴角，冲着谈话的那两人潦草一笑，然后转身背对他们。她像个无聊的孩子一样看着窗外，他们则讨论着英国脱欧，现如今，人们每天都在讨论这个话题，仿佛这个话题平平无奇，如同天气类话题一样。窗外的天空和银币的颜色一样，边缘失去了光泽。雨落在平整冰冷的窗布上。肖娜想，他们还真是倒霉。

格雷戈里问道："那么，我给你上点什么？咖啡？茶？"他搓搓双手，示意谈话继续进行。

"来杯咖啡就很好了，谢谢。"哈伦愉快地说。肖娜仍然望着窗外，背对着他们，所以格雷戈里没有问要不要给她来点什么。

两个星期前，肖娜带着拉菲去上 NCT 小组的感官课，一起上课的还有一些妈妈，这些妈妈中，有的让孩子在她们背上扭动，像是看到泡泡飘过的海洋生物一般，还有的则在谈论自己在即将到来的复活节假期有何打算。埃伦和罗布准备去埃伦的姐姐在德文郡的小别墅住。苏珊要接待从爱丁堡过来的姻亲，对方主动提出要照看孩子，这样丹和苏珊就可以在耶稣受难日那天出去吃晚饭。莉迪娅先是等大家分享完毕各自的计划，然后才宣布自己会去巴黎。她说，奥利订好了机票，给了她一个惊喜，甚至还为她在他们住的豪华酒店的水疗中心里预订了一个护理套餐，这样她就可以有一些独处的时间。每个人都在低声细语地说话，既在哄孩子，也在讨论莉迪娅，大家纷纷惊叹还能有如此体贴的丈夫，想不到这样的丈夫竟然真的存在，不过肖娜却忍不住好奇奥利究竟做了什么不该做的事。大家的反应恰如其分，莉迪娅感到很高兴，脸上挂起满意的笑容，就像在肩膀上披了一件人造皮毛大衣。

那天晚上，在电视机前吃比萨外卖时，肖娜向哈伦提议，他们也可以换个地方过复活节周末。

但哈伦皱着眉，不为所动，盯着手机查看足球比赛的结果。

"我说不上来，肖，"他说，"感觉这样一来，我们的压力会很大。他会整晚不睡，那你就会更累了。到头来，我们花了钱，却只是换了个地方累死累活。"

"莉迪娅要去巴黎，"肖娜看着自己的比萨，头也不抬地说，"奥利给她订了个水疗套餐，让她有时间独处。"她翻了个白眼。

"倒是对她有好处。"

因为失眠，肖娜觉得自己的眼睛已变得像纸一样薄，仿佛要是她用力揉一下，它们都有可能会意外撕裂，使她的视力变得支离破碎。

"我只是觉得，这个提议兴许还不错，"她说，"就是，换个地方待一待。再说又不是什么长假。对啊，就一个周末。我们甚至都不用跑太远。"

第二天早上出门上班前，哈伦说："我想过了，你说得对。出趟门对我们有好处。就这么着吧，带着我们的小家伙去个别的地方。你抽时间安排一下，好吧？"

当他弯腰向她吻别时，肖娜却转过身去，毕竟她还没来得及刷牙，于是他只够到了她的嘴角。

格雷戈里和丽莎在牛津生活了四十年。格雷戈里是一位退休的历史学教授，以前在大学任教，但现在把时间花在了做研究、撰写学术书籍上，丽莎则负责打理旅馆的业务。肖娜在最后关头才发现他们家。她一直想在科茨沃尔德[1]找一栋小别墅，想象着漂亮的乡村中有一座宁静的小茅舍，然而不出意外，她看过的那些房子早在几个月前就被预订完了。接着，格雷戈里和丽莎家的联排别墅出现在了搜索结果的页面上，显示还有房间。

　　肖娜在预订请求中提到他们有一个三个月大的婴儿，丽莎表示把那间双人大卧室留给他们，房间配套的浴室在大厅另一头，大厅则贯穿整个顶层。她回复道："这是最大的房间，这样你们就有更多空间放旅行婴儿床，而且其他客人受到打扰的可能性也更小！"她又补充说："我们喜欢孩子，而且我们自己有五个孙子孙女！"

　　照片中的卧室看上去挺有派头，有着光照充足的大窗户，一张特大号的床，上面摆满了舒适的床罩。卧室里还有两把暗粉色的扶手椅，角落里有一张古董

1　科茨沃尔德（Cotswolds），英格兰中南至西南部一个地区，位于牛津以西。该地区有许多值得参观的名胜景点。

158

写字桌。浴室铺着黑白格子的地砖，倾斜的天花板下有一个卷边浴缸。肖娜对拉菲说："就让莉迪娅做水疗去吧，"拉菲满是期待地从他的婴儿座椅上抬头看向电脑前的她，两条腿像弹簧一样伸展开来，"我们这样安排也挺好的。"

他们出发的那天早上，春日的天空变成了鸽灰色，肖娜找出拉菲的防水连体服，卷起自己的雨衣，心里沉甸甸的。她问哈伦："你收拾好自己行李了吗？"

哈伦没有将视线从报纸上抬起来，嘴里鼓鼓囊囊塞满了吐司，"我最多五分钟就能搞定。"他快速浏览着手机上的内容。"好像要下雨，呃，好吧。"他又咬了一口吐司。

车行驶在高速公路上时，被水浸透的云层终于爆裂，雨水像拳头一样拍打着挡风玻璃。不知巴黎是否在下雨，肖娜觉得应该没有。拉菲被发出嗡嗡声的汽车轻轻晃着，刚出发没多久就睡着了。哈伦一边开车一边用蓝牙接听工作电话，偶尔会把左手从变速杆或者方向盘上拿开，裹住肖娜的手，不过双目始终直视前方的道路。去牛津的一路上雨水又大又猛，丝毫没有要停的迹象。肖娜看向车窗外，目光跟随着雨滴，看着它们滑向彼此，然后像飞速游走的蝌蚪蜿蜒而下。

"欸，你怎么不说话。怎么啦?"在接打工作电话的间隙，原本沉默的哈伦问道。

"呃，没什么。"肖娜答道。她没有那个气力去指出是他根本没和她说话。她把头抵在窗户上，在想自己是不是应该睡觉。

"我猜要是这雨不停，我们就得待在室内了。"哈伦说。

一个小时后，他们来到某片住宅区一条安静的街道，把车停到一条碎石车道上。哈伦还在停车，丽莎便猛地打开前车门，只见一个顶着一团耀眼的、黄得像水仙花似的头发的人正站在台阶上。"欢迎! 欢迎!"她在门廊的掩护下喊道，而肖娜和哈伦则冒着冷雨，不断把头探进车里，又伸出车外。肖娜一把将拉菲从汽车座椅上抱起来，哈伦打开后备厢，把包扛在肩上。

"你好，欢迎光临！你一定是修——娜，"丽莎说着，引她走进宽敞的走廊，"你名字我念对了吗？"

"你好，是的，我是肖娜，"她说道，但没去纠正自己听了一辈子的错误发音，"这是拉菲，那边的是我丈夫，哈伦。"她指了指汽车。

"哈——伦，"丽莎重复了一遍，"就跟亚伦差不多，我明白了。你们的名字真好听啊！"

"好了，东西都在这儿了。"哈伦说着，关上了前门。他伸手去和丽莎握手，仿佛在见一位初次见面的客户。

"好听，真好听，"丽莎一边说，一边露出灿烂的笑容，"旅途还算愉快吧？可惜碰上这种鬼天气。这样吧，我先把你们安顿下来，好吗？

"他怎么样了？"哈伦一边说，一边坐上高脚床的床沿，踢掉两只脚上的鞋，朝拉菲的方向点了点头。

"还得喂一回。"肖娜坐到一张暗粉色扶手椅上，掀起上衣，一只手麻利地解开孕妇文胸的搭扣。"你冷不冷？我他妈的要冻僵了。"她说道。哪怕是依旧穿着外套，她在把拉菲抱进怀里时也还是冷得抖个不停。

突然间，不知怎的，哈伦莫名其妙地两手一拍。一声巨响。拉菲眼皮一眨，拳头张开，受到了惊吓。他俩第一次见面时，肖娜就注意到了这一点——哈伦会两手一拍，发出一声巨响，示意话题发生了改变——这种示意话锋一转的法子就如同用针头扎破一个大号气球一样令她惊恐，在当时的她看来是一种奇怪的神经抽搐，但后来她意识到哈伦并非神经质，那只不过是他长久以来的习惯，虽然惹人厌，她却不得不忍受，直到现在，每次听到他拍手，她仍然会吓一跳。肖娜闭上眼睛。"你看，"哈伦说，"既然我们已经到了，那你想去做点什么？有什么雨天计划吗？"

肖娜提议："要不喂完拉菲后，我们找家好吃的店？"她轻抚着拉菲的脸颊。哈伦走到窗前，一只手拉开蕾丝窗帘，好像在监视邻居似的。

"现在下得很大。我不知道啊，但我觉得，这种情况下我可不想把拉菲带出去。我们还是待在屋里吧，明天再出去。"他说。这时他突然抬起头，问道："你带我的雨衣了吗？"肖娜摇了摇头。哈伦弯下腰，从包里拿出自己的笔记本电脑。

拉菲大口吞咽，肖娜觉得他的嘴巴根本容不下他吞下的那些东西。她将小指塞进他嘴里，冲破了那湿漉漉的牙龈的封锁，然后站起来，把他扛在肩上，摩挲着他的背。她在窗前摇来晃去，另一只手拨开精致的蕾丝窗帘，看着雨滴一次又一次碰撞在一起。

格雷戈里回到餐厅，端着一个托盘，上面放着两杯咖啡和一大碗浅色的炒鸡蛋。"好好享用吧!"他说罢，露出了灿烂的笑容，把他的脸一切为二。肖娜注意到他的牙齿和潮湿的沙子一个颜色。

"你们自便，你们自便。"他一边说，一边指了指盛在蓝色和白色大号瓷碗里的那四种麦片，碗上套了保鲜膜。另一个配套的罐子里已经倒入了牛奶。肖娜走向餐桌，心里盘算着也许两杯咖啡里的第二杯是拿给她的，那她也许可以喝。格雷戈里伸手拉出一把椅子。就在肖娜准备感谢他的时候，格雷戈里却在哈伦对面坐下，自己伸手拿了那杯咖啡。

丽莎的喊声从厨房传来。"亲爱的！吐司好了！把托盘拿来！"

"好——！"格雷戈里呻吟着重新站起来。"就来！"

肖娜拉出了哈伦旁边的椅子。"他真要和我们一起吃早餐吗？"她低声说着，倾身靠近了哈伦，一边还在抚摸着拉菲的小脑袋。

"一起吃又怎么了？这是他的房子，"哈伦耸耸肩，"他挺好的。人很友善。房子还这么大！"他把拉菲递给肖娜，环顾着宽敞的方形餐厅，把桌上的鸡蛋吃掉了一半。一个气派的红木碗柜占据了一整面墙，台上摆满了成套的餐具和雕花水晶杯。装在相框里的家庭照片填满了所有可以填的空隙，在一组照片中，一群金发小孩聚集在一棵圣诞树周围或海滩上，而在另一组照片中则出现了一排面带微笑、头戴学位帽的毕业生。餐桌大得很，足足坐得下十二人。但这里似乎没有其他客人。

格雷戈里拿着沉甸甸的托盘回来了，盘子里装着厚厚的白色三角吐司和几罐黏稠的果酱。他在哈伦对面落座，两人继续聊起了伦敦的房价。原来他们的大儿子住在西伦敦。格雷戈里提到他们的四个孩子都进了牛津大学，肖娜看出哈伦很兴奋，他两眼放光，亮得像两枚灯泡，按捺不住要说自己是剑桥的。但格雷戈里一直不住嘴。"就我个人而言，没有冒犯的意思啊，我觉得伦敦是个很可怕的地方，"格雷戈里将身体凑过来，煞有介事地低声说道，"我也是这么跟我儿子说的。请记住我的话，只要在牛津待上一个周末，你的魂就被勾住啦，天天下雨也没关系！再说这小家伙在这里也有好学校上，"他说着，伸手去拿另一块吐司，朝拉菲的方向点了下头，"还有大学，将来的事谁说得准呢。"

肖娜看得出来，哈伦马上要顺势提起剑桥，就在这时，丽莎却端着一个闪亮亮的茶壶进来了。她穿着奶油色围裙，围裙上布满了淡色的大圆点，里面则穿着厚毛衣和灯芯绒裙，肖娜不怀好意地想，她看上去像个管家婆。"哎呀，格雷戈里，"丽莎责备道，"他这人，总劝我们的客人搬到牛津。我每次都跟他说，要是人人都被你说服了来定居，那还有谁住我们的旅馆呢！"

众人微微一笑。丽莎拉出一把椅子，自己坐了下来。

"希望你们不介意我们和你们一起，"她一边冲肖娜和哈伦微笑，一边说道，"我们只是想了解客人们，对吧，格雷戈里。谁要茶?"她环视剩下的三个人，殷切得像一名面对孩子们的小学老师。

"谢谢。"肖娜说着，一只手把自己杯子推向前，另一只手轻柔地环住拉菲的背。格雷戈里惊讶地抬起头，好像这才注意到她的存在。

"天哪! 我居然没问，这个小家伙要来点什么?"格雷戈里将手中的那片吐司朝拉菲的方向挥了挥。

"啊，不用管他，"肖娜说，"他才三个月，吃不了硬的。"拉菲凝视着从窗外透进来的稀薄且灰暗的日光，他像提线木偶一样坚忍地抬起头，每隔几秒下巴就撞在她肩上。

"你可闭嘴吧格雷戈里!"丽莎说，"'这个小家伙要来点什么?'真问得出口! 瞧啊，他那么小一点! 只是个婴儿! 你敢信他自己有四个孩子吗?"她扬起眉，对肖娜摇摇头，动作很夸张，显得既好笑，又绝望。

"那是很久以前的事了，"格雷戈里抚摸着下巴，咯咯笑着说道，"丽莎把他们都照顾得很好，真的很好。

对了，哈伦，再跟我多说说你工作的银行吧。咱们这位哈伦，"他用胳膊肘碰了碰丽莎，"在伦敦金融城里的一家美国大银行上班，就跟杰夫的儿子一样。"

"真的啊？"丽莎说，"太厉害了！"

哈伦谈了好一会儿他所在的银行和他在金融城工作的经历，接着又反过来询问格雷戈里在大学的工作。肖娜一会儿用左手抱着拉菲，一会儿又改用右手，这时格雷戈里又聊了几本自己正在撰写的书籍，是和苏联的间谍活动有关的。有那么一小会儿，她想过自己能不能慢慢加入谈话，提到她自己的书，那是一本小说，讲的是一段即将破碎的婚姻，预计明年出版。怀着拉菲时，她奋笔疾书，花了五个月就写好了这本书。哈伦不看虚构类的书，他很难理解这部小说，不明白它是怎么写的，也不清楚它到底写的是什么，最开始也不太喜欢它。"这是在影射我们吗？"他问肖娜，语气里带着一丝厌恶，她则裹住他的手，否认了这个说法，并解释说，她觉得有必要去探索错综复杂的人际关系，然后把它写下来，仅此而已。得知自己的书即将出版的时候，肖娜觉得自己的心都快跳出来了，可哈伦呢，他仍对肖娜为什么要写这本书大为不解，也不明白这本书到底有何过人之处，为什么会出版，他在和他母亲通话时让她不必担心，说肖娜书中的内容是编出来的，纯属想象，是写着玩的，绝对跟他们俩无关。媒体上已经有人在谈论她的书，并隐隐表示她是个值得关注的作家。但肖娜总觉得仿佛大家在谈论别人，而不是自己。不过，此时她搅着自己的茶，听着格雷戈里一直嗡嗡说个不停，最终觉得与其试图出声打断他，还是一言不发更容易些。她不知道雨会不会停。她本希望带着拉菲出门，找一家餐馆吃午饭，让拉菲在婴儿车里打盹。昨天他们整个下午都窝在房间里。哈伦用笔记本电脑工作，肖娜带着拉菲坐在床上，有一搭没一搭地看电视。她一边单手快速翻阅正在读的一本书，一边将丽莎留在托盘里的黄油甜酥饼干一扫而空。因为无所事事，她把拉菲紧紧抱在胸前喂了几个小时。后来，丽莎带着外卖菜单上楼请他们点晚餐，晚餐送来后他们在楼下前厅里很快吃完了。傍晚缓缓过去，夜里的时间则过得更慢。每次拉菲醒了闹，都是肖娜打着战慢慢滑下床，哈伦则在睡梦中翻个身。当拉菲第六次、也是最后一次奏起交织着呜咽和轻柔哭声的交响曲时，她实在是太累了，太冷了，无力安抚婴儿，哄他在婴儿床上睡觉，索性把儿子带回自己床上，但是哈伦一直不喜欢她这样，他和他母亲都说这是个坏习惯。终于，在凌晨四点左右，拉菲和肖娜一起陷入了沉睡，拉菲像小鸟一样蜷缩在她身边，外面的雨声没有停。

"就我看，你，"格雷戈里用又长又窄的鼻子径直冲肖娜点了点，肖娜又一次觉得他忘了她也在场，"已经因为这个小家伙而忙不过来了。"

这一刻，肖娜感到自己心里的某种东西崩溃了，因为她依旧那么冷，总是那么累，因为她就是忍不住了，因为她希望她的丈夫能说些什么，哪怕只有一次认可她当下在做的事情和所做过的一切，还因为她希望自己有勇气说几句俏皮话来回应格雷戈里，但她知道自己永远不会，她的双眼噙满了泪水。"差不多吧，"她平静地说，"抱歉，失陪了。"她说完便将拉菲递给哈伦，把自己的椅子推回原位，然后离开了。

在肖娜看来，时间在拉菲出生后仿佛就静止了，她总觉得世界转得太快，自己再也无法站直身体。时间沉重地罩在了他俩身上。她的爱和愤怒已经合二为一，这太不可理喻了，让她每天都感到不安。大部分时间里，肖娜只感觉某种愤怒在体内不受控制地盘旋，好似蓄势待发的暴风雨，震惊攫住了她，一想到自己放任愤怒爆发会产生什么后果，她便害怕不已。她对人们感到愤怒，对格雷戈里这样的男人感到愤怒，他们认为她只会让自己忙得不可开交，除了她深爱的孩子之外，她没有别的什么能够展示的了，她也对莉迪娅这样的女人感到愤怒，她们让她觉得自己仿佛出了些毛病，居然还会有一些不该有的欲望。拉菲刚出生时，瘦小得让肖娜讶异。他应该算粉色，而不是棕色，新生儿的皮肤滑溜溜的，在她手里像一条鱼。有时她被他身体的细节深深震撼——紫罗兰色的眼睑，残月般的肚皮轮廓，横跨他那柔软后腰的一串污迹斑斑的胎记——她惊叹着，结果眼泪在她最意想不到的时候流了下来。她非常喜爱拉菲，爱得太过猛烈，有时都令她感到害怕。倒不是她对他的爱有什么问题，她的担忧另有缘故。她害怕从裂缝中掉下去却没被人，尤其是哈伦，注意到。

初为人母让她措手不及，发蒙，迟钝。她最担忧的一件事就是自己的书没能达到每一个人的期望，而且即使它达到了，她还是有可能不再动笔。曾经的她写得指尖火花四溅，在报社做助理编辑的她下班回家后，会熬到深夜，写下数千字，然后将这些文字整合为即将出版的书，可现在的她连句子的节奏都很难找到。她想象着文字和思绪在空中飘荡到了遥不可及的地方，然后像雪花一样消失。有时她想不出该对其他人说些什么，该和其他母亲，比如和身处同一 NCT 小组的莉迪娅和苏珊说些什么，又该对哈伦，对邮递员，甚至对她自己的母亲说些什么。她害怕一旦书出版，她可能会被要求出面做宣传，她不知道，要是自己表现得很冷漠——这可是她的一大标志性风格——是否不会受到谴责。

再来说一说哈伦。有些时候她感觉自己恨他。还有些时候，她以路人的眼光看他，甚至带着一种漠不关心的态度，老实说，她不知道自己怎么最后就跟他在一起了。他有太多事都是她无法忍受的——打电话时烦人的嗓音，谈话中用拍手表示话题改变的恶习，他说过的一些话，比如他不明白既然可以从网上看到免费资讯，为什么还有人会费心去买报纸，却没有意识到，对于一个她那样背景的女性来说，能在一家全国知名的报社工作，还走得这么远，是一件相当不容易的事。肖娜并不是在拉菲出生后才猛然注意到哈伦的这些毛病的，她一直都心知肚明。可是直到最近，她才觉得忍不下去了。

她明知道有种种问题，还是接受了他，因为她厌倦了孤独，厌倦了等待自己的处境发生改变。事实上，她从大学起就爱着另外一个人，爱了很多年，但那个叫莱昂的男孩从来没太把她当回事。她一直不算他的正式女友，只是空窗期的备胎，他和别人分手的时候才回来找她。每次他再度离开，她都穿着淡蓝色的睡袍趴在餐桌上哭泣，室友会为她泡杯茶，告诉她他横竖就是个混蛋，她值得更好的。她举目四望，每个人都在准备步入婚姻殿堂。她的室友们一个接一个搬去和长期交往的男朋友同居，他们迟早会成为她们的未婚夫。最后，她告诉莱昂自己一直在等他，她要他做出承诺，觉得说出这番话的自己就像一个建议他俩确定关系的十几岁女孩，他把手放在她的脸颊上，认真地说道："亲爱的，这件事我们今晚好好谈谈。"

然而今晚一直没有到来，因为他从此没再打过一通电话，也没接听过她的来电。他是一场幻梦，而且莱昂无论如何都绝不会为了被她家人接受而去做那些必须要做的事。

最终，肖娜的父母不顾女儿还在心痛，给她找到了哈伦。哈伦和肖娜认识十八个月的时候拉菲就出生了，当时他们已经做了十六个月的夫妻。他们见了三次面，其中有两次双方的家人也在场，然后他便求婚了，更确切地说，是他的父母提出了结婚，接着他们迅速进入了订婚期，订婚期只有短短两个月。多年来肖娜一直拒绝类似的追求者，主要是因为莱昂，但这次她动摇了，动摇她的是自己脑子里反复琢磨的嫁给哈伦的好处，每一件细想起来都令她羞惭不已：至少他和她有着相同的背景，至少他自己一个人住，至少她不必和她甚至都不认识的姻亲住在一起，至少他有一份高薪的职业，能让她从伊斯灵顿租来的公寓搬走——住在那儿虽然很开心，但也非常难过，因为这提醒着她自己的生活有多么停滞——舒舒服服地住进亚历山德拉公园附近一排房子中的一整套里。有时她想，她可以爱他，只要他说话声音稍微放低一点，只要他留心有关她的小事，比如睡觉时喜欢有人抱着，比如喜欢有人把她的头发捋到耳后，以及只要他留意她喜欢读的书。哈伦不是个爱读书的人；虽然哈伦也承认她的书肯定很有见地（反正他是这么说的），但他没有时间读虚构作品。所有问题中，也许肖娜最懊恨的就是这一点：他缺乏想象力，看不到美，看不到诗意，看不到不明显的、微妙的事物中爱的可能性。但这些肖娜之前都了解。等待莱昂回心转意有太多变数，所以她选择接受了这种没有变数的生活方式。她一直认为可以凑合着过下去，认为这个她可以称之为"自己的家"的存在所带来的稳定生活会在某些方面弥补她，还认为即使他不做出改变，她自己也会做出改变的，然而她不再笃定的日子却变得越来越多了。

外面的空气很潮润，裹着雨水的气息。冰冷的雨滴闪着光，顺着肖娜的脸盈盈滑落，混杂着咸得发涩的泪水。她把雨衣落在他们位于三楼的房间里。她原本并没有打算离开，但听了格雷戈里说的话，她感觉仿佛四周的墙壁正在向她逼近。她其实没有细想：他们的房间远在三楼，但就在她从餐厅出来时，她看见房子的前门近在眼前，这给了她一个溜走的机会。如果当时有人注意到她站在雨中颤抖，如果有人问她怎么了，她可能会因为怕摔倒抓住对方的胳膊。她可能会告诉他们，有时候她觉得难以忍受自己的悲伤之情，就像难以忍受一部美丽电影的结尾那样，那些结尾总会让她暗自神伤；更糟糕的是，她不知道这到底是为什么，因为，你也看到了，她生了这么一个孩子，这个美丽且完美的婴儿，而且她非常非常地爱他。她也可能会说自己只是需要透个气，只是需要一些空间，能够让她离丈夫远一点，他有的时候可能会让她喘不过气来，然后她会耸耸肩，一笑置之。她还可能会说自己只是累了，非常非常累，仅此而已。她走到马路对面，站在街角，不知道该转向哪条路。街道似乎没有尽头，远离街道的石砌大房子看上去都一个样，窗户上挂着蕾丝花边。肖娜看看这边又望望那边，却看不见前方有什么；在这种地方，她找不到咖啡馆坐下来沉思，整理自己的思绪。她的头发被打湿了，变成了粗粗的条状粘在脸上，她将套头衫的袖口拽到手腕下方。她知道，她不会在这里待太久，不可能的。她知道，再过几分钟，她就会走回旅馆，因为天在下雨，因为她无处可去。她感觉到自己在流鼻涕，用袖口擦了擦，与此同时，她也感觉到乳房里突然像充满了乳汁，就像变魔术一样。她对自己说，稍等片刻，她马上就走。但是，她仍然在雨中盲目地四处张望，寻找可以倾诉的对象。

细微分歧

塔斯尼姆赤脚站在厨房古色古香的陶土色石板上，谢天谢地，石板凉得扎人。外面极其闷热。空气静止不动，压在人身上，使塔斯尼姆看不下去书，于是她主动提出进屋泡冰茶。西蒙取笑她气温一超过二十五度就受不了，好像她的血统在某种程度上意味着她应当对高温免疫。她指出他的论点不合逻辑——她从未在印度次大陆生活过，甚至自十二岁起便再没去过——接着他态度软了下来，对她说，他本以为这样的玩笑会显得亲昵，并没有别的意思。她站起来伸了个懒腰。天气太热了，她懒得去想些话来反驳他，更不想在他父母也能听到的地方这么干，便冲他翻了个白眼，走开了。

她站在厨房的阴凉处，拿了一个冰块按在额头上，发际线因此变得湿漉漉的。她任冰水顺着脖子往下淌，接着开始不胜其烦地依次打开橱柜门，试图找到那把合适的壶，然后回想茶叶存放在哪里。找到她所需的一切并煮上茶后，她又在冰箱里搜出仅剩的一小盒草莓，最终在一个满得关不上的抽屉里找出一把足够锋利的刀，把草莓切成了片。他们得去买食物了，可一想到要和西蒙的父母结伴走很远的路去乡下集市，一想到他们会反复纠结买什么、吃什么，导致采购每样东西都得花双倍的时间，她就很恼火。她告诉自己，这是因为太热了，而且西蒙通常不会这样惹她心烦。但他们在托斯卡纳才待了五天，假期过了一半，她便已然觉得时间很难熬了。

西蒙从花园大门走了进来，塔斯尼姆听到他的人字拖在地板上发出噼噼啪啪的拍打声，却并不转身。没过几秒，她感觉到他出现在她身后，接着他那温热的手臂搂住了她的腰，脸颊贴在她裸露的肩上。

"对不起。"他说。

"你知不知道，你并没有那么好笑。天气好热，我很烦。我可没心思陪你开玩笑，好吗?"说这话时，塔斯尼姆依然没转身。

"对不起。"他又说了一遍，然后吻了吻她的肩膀，转过她的身子，往他怀里拉。"我爱你。"他对着她的发丝低声说道，她让他抱了一小会儿，随后将他推开。

"太热了，别胡闹了。"塔斯尼姆说。她将冷水哗地倒进茶壶，又往里扔了一些冰块。她把那碗草莓、几个玻璃杯，还有壶放在托盘上，端了出去，边走边摇头。

"嘿，让我来吧。"西蒙说道。但她已经走到门外，把托盘搁在露台上那张矮小的柳条桌上。西蒙跟着走到露台的阴凉处，轻轻碰了碰她的后背，示意接下来由他接手，她便找了一张老旧的日光浴躺椅坐下，西蒙则倒了两杯冰茶。"给。"他边说边向自己的父亲和母亲一人递了一杯。他的父母正在谈论天气，说从没见过在山上还这么热的夏天。塔斯尼姆等了一会儿，却只见西蒙掏出手机查看起天气预报的详情来，便动手给自己倒了一杯冰茶。

"哦，"西蒙抬头看她，说道，"对不起，亲爱的，我以为你已经有茶了。"

傍晚时分，他们驱车前往附近城镇广场的农贸市场采买生活用品。塔斯尼姆和西蒙坐后排，西蒙像初次约会的少年那样，握着她的手放到自己腿上，他父亲在前面开车，他母亲坐在副驾驶座上。透过墨镜，塔斯尼姆望向窗外一闪而过的风景，乡间的小路边长着向日葵，远处则是橄榄树丛，这时她突然想到，自己从来没有像这样坐在父母的车后座，和某个男孩手牵手。西蒙的母亲时不时在座位上转过身来，满脸自豪地对他们微笑，西蒙捏住她手指的力道更重了一点。

到了市场，西蒙的父母制订好一份菜单，掰着手指盘算还剩哪些饭菜，好为接下来的一个星期做准备。他们漫步经过摊位，不慌不忙地挑选面包、奶酪和像鞋带一样挂起来的鲜意大利面。塔斯尼姆原本对购物的提议感到窝火，但现在却觉得挺放松。下午的阳光仍然炙热，不过空气没那么沉闷了，今天的市场比之前要热闹一些。饼干色的教堂既破败又壮观，城镇广场的各个摊位就摆在它投下的阴影中。教堂今天没锁门，游客们进进出出，在高耸神圣的天花板下寻求一个阴凉处好暂时休息会儿。摊主挤在路人中间招揽着他们——参差不齐的方块面包蘸了甜滋滋的果醋，递到客人面前的小盘子里摆着浓香热奶酪和去核橄榄，可供人试吃。塔斯尼姆惊叹于饱满的西红柿居然有这么大的个头，竟和她的手掌不相上下，一位老人送给她一个桃子，塔斯尼姆咬了一口，那桃子吃起来既甜又软；老人有着一张饱经风霜的脸，脸是深棕色的，几乎和她的肤色一样。西蒙环住她的肩，她抬起胳膊去抓他的手，两人的手指紧紧扣在了一起。他俩就这样跟在他父母身后走了一小段路，品尝了糖杏仁，嘎吱嘎吱地嚼着阿拉棒[1]，见缝插针地浅吻，有那么一会儿，塔斯尼姆忘记了对他生过的气，不仅是今天的，还包括他们在托斯卡纳的每一天她生的那些气。

每天晚上，西蒙和他父母都很晚才睡，就好像他是回家过圣诞节似的，三个人一边喝酒，一边笑着回忆一连串她甚至无从了解的家庭故事。每次她想在话题告一段落时加入谈话，西蒙就会说："哦，这可说

1　阿拉棒（Grissini），意大利式硬面棒．这种金黄色香脆的硬面棒起源于意大利的杜林（Turin），在当地处处可见。

来话长了。"有时候，若是他试图解释，他的父亲或者母亲就会岔开话题，重新将塔斯尼姆晾在边上。昨天晚上，塔斯尼姆早早回屋睡觉，刷牙时听到西蒙父亲低沉的说话声，以及他母亲的笑声，那笑声特别尖利，都穿透了墙壁，这时她想，也许自己根本不该来。但此时在城市广场上，他们像恋人一样走着，塔斯尼姆告诉自己，只不过是天气在作怪，是天气令她皮肤刺痛、嘴巴干裂，所以她才会如此烦躁。

⑧

　　西蒙最早提议一起去托斯卡纳度假，是在一个星期六的傍晚。当时塔斯尼姆正皱眉低头看着一本烹饪书，按照菜谱做意大利团子。面团粘在手上，她担心给他们的朋友——实际上是西蒙的朋友——准备的这顿饭会被搞砸。"要我说，你可以买现成的团子，"西蒙开口道，"那可快多了，再说也没人吃得出来。"塔斯尼姆朝他甩了一把面粉。距离客人登门倒计时只剩四十分钟，塔斯尼姆抓了一把团子去煮，结果什么味道也没有，于是让西蒙跑去商店买些别的吃的回来。

她满心失落，觉得自己蠢透了。她想给他的朋友们留下个好印象。"总有一天，我们会去意大利的，"西蒙安慰道，"你想吃什么团子就吃什么团子。"

西蒙不像她母亲以及她母亲的朋友给她介绍的那些巴基斯坦男孩。两年前她搬到伦敦，自那之后，某些陌生人的电话号码便口耳相传地递到她手上，而且只有那些家庭出身良好和工作体面的人才是适合的人选。她下了班和他们见面喝咖啡，有时也更进一步，和他们共进晚餐，但与此同时，那些生硬的谈话她一点也不感兴趣，只能默默忍受，同时埋怨母亲让她浪费了大把的时间。她曾希望自己一毕业就搬到伦敦，开启一份事业，不管那份事业有多么不成熟，它总能帮她摆脱母亲规划的乏味生活和母亲朋友们的八卦，但事与愿违，这令她很生气。她在读书会上遇到西蒙时，最先让她大吃一惊的，是他那孩子气十足的预科生模样和他对那本书的机智见解，接着是他对她给予的关注——他冲她微微一笑，临走前又看似漫不经心、实则主意已定地大笑着找她要了电话号码。他花了一天，便把她请出来吃了晚饭，又约她吃了两次晚餐后，她便在他家过了夜。他们做了刚恋爱不久的

183

人都会做的那些事：周日睡懒觉，周三周四晚上吃大餐，白天上班的时候隔着整座城市发一整天的短信和电邮。有时，在她最意想不到的时刻——比如在他俩拆开杂货的包装，坐在沙发上共同挑选套装商品，或并排躺在床上看书（她把头靠着他裸露的肩膀，他的手指温柔抚摸着她的发丝，像是在轻轻地弹奏乐器）的时候——她的心中会感到一股刺痛，一阵担忧，因为她不知道自己母亲会怎么想。

朋友们走后，他俩一起收拾盘子时，西蒙再次提起了去意大利。他对她说自己的父母在托斯卡纳有一间避暑别墅，有些年头了，是那种带一个方形小泳池、建立在群山间的度假别墅，他们有时假期会租出去。他已经有阵子没去过了。他说会去打听一下房子什么时候空出来，并且确信他父母不会介意。"我们会成为那栋宅子的男女主人，"他说，"到时候它只归我俩所有。"塔斯尼姆满心激动，蜷缩进他怀里，一边和他一道研究各自手机上的日程表，将他们在夏天有机会请假的那几个星期筛选出来。她还不知道要想些什么借口来应付她母亲，母亲以为她每个星期有三天工作到很晚，可实际上，塔斯尼姆是在西蒙位于荷兰公园一家书店对面的公寓过夜，两人认识没多久他就给了她一把房门钥匙，还把他衣柜里的一格让给了她。当天晚上，当他们在床上迎合彼此，西蒙喃喃地说着他想带她看一看的那些托斯卡纳的景致，这时的塔斯尼姆从来没料到，有一天，她会觉得自己和他不是一伙的，反正肯定想不到她有这种想法时，正身处这样一个白天阳光和煦、夜晚萤火虫翩翩起舞、空气中沉甸甸地弥漫着薰衣草香气的地方。

在城镇广场的另一端，塔斯尼姆发现了一张桌子，上面满满当当地堆着放在篮子里的书籍、古玩和小摆件。她把西蒙留在教堂台阶上，告诉他自己过十几二十分钟后回来。他说："不着急，我就在这里等。"不过她已经转身离开了。摊位上摆满了旧物件，成堆的二手书从磨开了边的篮子里"溢"了出来，一只碗里装着猫眼玻璃弹珠，还有一个精致的木雕首饰盒。看到这些珍贵精巧的东西，塔斯尼姆想起和她一起上学的女生们（她们的父母有的是作家，还有的是作曲家和艺术家，继承了一大笔财富，过着稳定的生活，能够让他们住上摆满了精装书的大房子，还能让他们的每个孩子都接受私立教育），这种东西就散落在这些女孩们的家里。相比之下，塔斯尼姆却得为了赢取奖学金而努力学习，她儿时的那个家也很简洁与实用。西蒙喜欢室内井井有条，他的书都整齐地堆放在门后，至少这方面，他和她母亲有共同点。但塔斯尼姆却被眼前这个由绚烂的稀罕物件组成的混乱且昂贵的世界吸引住了，就像飞蛾被灯丝吸引住那样。她冲摊主微微一笑，手指沿着一个精致的牛奶杯边缘划过——杯子亮白如珍珠——然后用双手捧起一只水晶碗，赞叹着它那精细的雕工。摊主和蔼可亲，操着一口带有淡淡的意大利口音的英语和她随意聊了起来。塔斯尼姆在摊前徘徊，用手抚过那一篮子书，惊讶地发现了一本她老早之前就想买的，看哪，在这个小市场上，居然有一本几乎全新的英译版《企鹅意大利短篇小说集》。"天哪，我想买这个已经很久了，"她对摊主说，"看来这是天意了。"她微笑着付完钱，羞涩地用意大利语对摊主致谢，然后回头看向广场对面的教堂台阶。她眯起眼睛，却没看到西蒙。她突然迫切地想见他，向他展示这本书，同他分享在这里发现它的兴奋之情，并大方承认在意大利阅读意大利故事是一件浪漫的事。毕竟他们最初就是因书结缘。有时候，他们会在床上把书大声读给对方听。她眯起眼睛，把手举到额头之上，像一位水手那样顶着阳光搜寻他，这时塔斯尼姆再一次意识到，这就是自己被他深深吸引的原因之一：她发现，自己可以和他讲那些让她动容的文字，而不必担心让他觉得她是在装腔作势，但是换了其他任何人，她都做不到，面对母亲卖力介绍的任何一个男孩，她当然也做不到。虽然她和西蒙上的大学不一样，但都学的是英语文学，而且如果西蒙没有决定在大三那年出国待一年，他们也会在同一时间毕业。有时一连几天见不到他，她会幻想假如他们去了同一所大学、住在同一栋学生宿舍会是什么情形。她想象着上课时坐在他身旁，他前臂上的毛发拂过她的前臂。此时，在这座广场上，她突然迫不及待想要找到他，那一刻，她最想做的就是投入他的怀抱，说："看呀！看我发现了什么！"但她怎么都找不到他。市场现在更加繁忙嘈杂。下午的空气清爽了一些，吸引了更多的人从开着空调的度假出租房里出来，一辆淡蓝色的小卡车停在那里，正在卖冰激凌。广场边缘，咖啡馆里全都挤满了人。她听到有人正在演奏音乐，一个女声在唱艾拉·菲茨杰拉德的歌。她还是没看到西蒙。

她觉得自己在广场来回走了差不多一个小时，不过实际上可能只有半个小时。其间她无数次掏出手机，却根本没有信号。她举起一只手，为双眼遮住傍晚斜射的一道道阳光，再一次扫视广场。塔斯尼姆顿住了，她瞥到了西蒙的母亲，她的那头金发亮闪闪的，在她说话的时候会上下摆动。他们在那里，三个人都坐在一家小餐馆的小桌子旁，身下的曲木椅子非常精致，西蒙的父亲看上去不太舒服。这间店在她视线范围外的角落里，所以塔斯尼姆没能早点注意到他们。她向那边走过去，走着走着又停下了脚步，观察他们全神贯注交谈的模样，那位母亲和那位父亲双双被他们唯一的儿子迷住了，而他就像一位王子一样，是如此地引人注目，塔斯尼姆觉得自己不应该上前打扰，这个完美的家庭与她的家庭迥然不同。但随后她却略微有些沮丧，因为他的父母甚至本不该出现在这里。

他母亲在临出发前的最后一刻打来了电话，对西蒙说:"我们闲得没事做。"接着她又问他们是否可以同去。塔斯尼姆能说什么呢? 那是他们名下的避暑别墅,而她又爱上了他们的儿子。所以,当西蒙问她的意见时,她说那再好不过了,而且她也很高兴能多花点时间和他的父母相处,毕竟在这之前,她只短暂地见过他们一面。她把那本短篇小说集紧紧抱在胸前,突然间觉得好没意思。片刻之前,她非常激动,品尝到了兴奋的甜蜜滋味,如同少女一般心怀期待,而且无比迫切,急着想把买来的书拿给西蒙看,把发掘到的宝藏同西蒙分享,可现在,那些感觉通通烟消云散了。

"我说了让你等一下。"她说。

他转过身。"你来了!"

"我说了让你等一下。"

"我等了。但你不是说了个时间嘛,可时间过了你还没回来,于是我们想着要不去喝杯咖啡,就……"他指了指桌上那只厚实的马克杯,向杯里看去,可以看到浑浊发亮的黑咖啡。

西蒙的母亲冲她微微一笑,然后歪头看向西蒙的父亲,微微扬起了眉毛,仿佛在说:"小情侣闹别扭呢。"

"可我一直在到处找你。"

"好好好，我错了，塔斯。"西蒙站起来，慢慢说道。他又拉出来一把椅子。"给你叫杯冷饮吧，喝完就回家。我们买了新鲜的意大利团子当晚餐。我猜你一定喜欢吃。"

在那个瞬间，她感觉到了。他们浅灰色的眼睛注视着她，像小小的月亮，既纯真，又不解。看啊，他们和她之间隔着一条银河。西蒙和他的父母在一边，而她在另一边。这时她明白了，这种由误解造就的不言而喻的隔阂，以及这种因细微分歧而产生的自负，永远不会消失。同样不会消失的，还有她与西蒙之间的那段距离，那段距离让西蒙活得毫不费力，轻轻松松，让他可以带着她和他富有的父母一起去他家雅致的避暑别墅度假，每个星期留她在他的公寓过三晚，而她呢，却不得不在自己的父母面前假装他压根就不存在。还有这种不理解，那意味着他父亲会将巴基斯坦裔的塔斯尼姆误认为是印度裔，也意味着他母亲会不断读错她名字的重音。

但随后一股淡淡的愧疚之情又涌上了她的心头。西蒙爱她，并且带她来到了这个美丽的地方，哪怕这里的建筑褪了色，大地被阳光晒得干涸。她把短篇小说集放在桌上，在他旁边坐下，摸了摸他一边的膝盖，然后用手掌捂住了自己的脸。"真的对不起，"她对他们仨叹了叹气，尴尬地说道，"我也不知道自己怎么了，有点不对劲。"

"要怪就怪天气不好，"西蒙揉着她的背说，"天气让你烦躁，仅此而已。"他母亲摆出一张遗憾的表情，说："可怜的孩子。"

在花园吃完晚餐——盛在盘子里的奶油意大利团子——塔斯尼姆上了楼，又一次早早就上了床。她在餐桌边拖拉了一小会儿，西蒙坐在椅子上，两腿摊开，拇指轻轻蹭着她的手腕，或者幅度很小地抚摸她的腰。等谈话转向某个表亲的婚礼和另一个表亲的离婚时，塔斯尼姆明白了这是在暗示她离席，便道了晚安。西蒙没有强留她，没有像以前她在他家沙发上打着哈欠说"我想我该睡觉了"时亲热地回应"陪我再坐一会儿"或者"我马上也去睡"。但她并不像之前那几个晚上那样介意，因为从市场回来后西蒙就一直对她很体贴。她曾主动提出帮忙做饭，他却揉揉她的肩，给她端来一杯葡萄酒，说"不用，别动，你就在这儿看你的书——一切尽在我们的掌控之中"；他们在户外，就着星光与香茅蜡烛的烛光，在花园的桌子上吃了晚餐，吃饭时，他自始至终要么在揉捏她的膝盖，要么在轻触她的手臂、肩膀、大腿；就这样，她觉得他们又连接在了一起。到了楼上，她在他俩的房间里寻找买的那本书，可是四处都没找到。她意识到自己肯定是把书落在花园了，她一开始就是在那读那本书的，但她没有精力为了拿一本书回到楼下，冲西蒙的父母扬起微笑。西蒙会把它拿上来的，她睡着时这样想道。

后来，到了半夜，塔斯尼姆被一声震破夜空的炸雷惊醒。西蒙和他父母每天都大声朗读天气预报给对方听，但其中完全没提过有暴风雨。她从床上坐起来，转头去看西蒙，他呼吸深沉，浑然不觉，皮肤在月光下荧荧发光。她不知道他到底是什么时候进来的，也不知道他在外面和父母喝了多长时间的酒。她没在他开门时听到声响，也没在他悄悄钻上床时察觉到。他没有搂她的腰，没有亲吻她的肩膀，也没有试图用一些有趣的法子将她从睡梦中唤醒。塔斯尼姆走到窗前。斑驳的夜空夹杂着淡紫色和浅紫色，风肆无忌惮地狂虐着。有什么苍白的东西在花园的桌上闪着暗淡的光，好似一个断了翅膀的活物。她朝下面细细看了看，才意识到那是什么：是她从市场上买的书，被风刮开了，雨水像坚硬的小石子一样打在了书页上；就在这时候，她感到心里一沉，仿佛飞蛾从明灯上坠了下去。但现在这本书还得再等一等。反正不能冒了暴风雨，穿着身上专门为这次度假买的丝绸内衣跑进花园。又不是世界末日。也许纸张晾干了就好了，即使好不了，只要她想，大不了再买一本，又不是什么难事；她现在就可以用手机下单买一本，一回到家就能看见书在家里等她。但有那么一瞬间，她心里还是有一种奇怪的感觉，那感觉就像是被纸划破了手，伤口虽然很小，但却很痛。"他没想过要把它带进屋子里吗？"她只是这样想了一想，但什么也没做。

塔斯尼姆抬起头来，注意到群山之上的天空是那样高高在上，看起来很吓人，似乎比家乡的天空还要深邃、还要稠密。她听到山后不知哪里回荡着流浪狗野蛮而凶猛的叫声，她回头看了一眼床上沉睡的西蒙，他呼吸的节奏很平稳，显然没有意识到身旁没有人。她又把头一扭，看向窗户。再过几天，他们就回去了。他们还没有讨论假期之后或者夏天剩下的日子该怎么过。她好奇落地伦敦的时候，他是否连她愿不愿意都不问，就认定她会跟着回他家。她好奇假如她找个借口说要回自己家洗衣服，他又会作何反应。她想象着他应该只会说："好的，没关系，回头见。"然后他们会在道别时无比匆匆地拥抱一下，或者无比敷衍地亲吻一下，仅此而已。她想象着他满不在乎地说着那样的话，做着那样的事，假定一切都很好。但她其实很希望他执意让她留下来，很希望他亲口对她说，哪怕只和她分开一晚，他也会受不了。她只希望他能让自己觉得他们在一起是值得的。塔斯尼姆感觉嗓子堵住了，喘不上气来，身体在颤抖。她抬起头，注意到孤独的星星之间的空间是如此地广阔，相隔甚远的行星正消失在漆黑的云层和无尽的黑暗之后。

许 愿

我们，阿米尔和我告诉自己，这是我们第三次走运。我们彼此说起这件事时，我正在做超声波检查，在此过程中，我屏住了呼吸，等待着，端详着超声医师严肃的面容，试图找到一些线索；我们彼此说起这件事时，我正在做血液检测，这令我头晕目眩，但我却露出了灿烂的笑容，拒绝泄露一丝一毫的恐惧。我对自己说起了这件事，即使这时的我感觉到了一阵刺痛，而且知道那刺痛是出血的前兆，并试图说服自己那样的事情不会再次发生。

这应该是我们第三次走霉运吧，要我说的话。

第三次是最糟糕的一次，因为它也是情况最好、时间最久的一次。我的肚子鼓了起来，比以往任何时候都要圆润，我的脸颊通红，以至于我在镜子前都要多停留一秒，以至于我似乎变得更漂亮了。我坐在写字台前，手掌交叉，抚摸着肚皮，肚皮之下有个正在打闹的小孩，偶尔会在我的肚子里踢来踢去，就像在发送只有我们俩才懂的密码。有时我一整个上午这样坐着，双手在伸展的肚皮那紧实的皮肤上揉捏，摸索上面不明显的凸起，那是孩子柔弱的脚后跟，抑或某个"尖角"，那可能是小小的胳膊肘，只是为了提醒自己，我肚里的这个生命，它是真实存在的，不仅仅出自我的想象。在那些上午，我觉得我们好像可以挺到终点。

他们说，我们的宝宝个头虽小但发育良好，那个时候，我们相信最糟糕的时刻已经过去了。我们安全了；到了十二周，不可能出问题了。当时我们以为我们不会受到惩罚了。我们哭着，我们笑着，我们像新婚夫妇一样亲吻着。我的手掌抚着阿米尔的脸，感觉就像阳光唯独照在了我们身上，有一束温暖的金光洒在了我们的皮肤上。我们回到家中，穿着睡衣吃完晚饭，兴奋得就像在朋友家过夜的学童，阿米尔在我圆鼓的肚皮上搽了好多甜杏仁霜，我整个人都散发着甜点的香气。然而一周之后，她同样也不在了，一把刀在我的体内搅过。我又一次变得空空如也。

第三次是最糟糕的一次，因为我以为我们不会出问题。

在很长一段时间里，我甚至都不清楚我想不想要孩子。外界当然期望我们生个孩子，毕竟我们当时已经结婚八年了。阿米尔的母亲总喜欢问我们准备什么时候开始"试试看"——我个人觉得这种说法颇为粗鲁——我却拿不准自己想要的意愿是不是足够强烈。如今回想起来，我真想摇醒自己，对自己说，不要花太长的时间考虑你无法计划的事情。别耽搁太久。行动起来吧。行动起来，什么都别管。

当时阿米尔很理解我。他也有同感。我俩的一些朋友从北伦敦搬去了市郊的一些住宅区[1]，那里的马路更宽，公园更绿，他们购入了新建成的房屋，家中

1　市郊住宅区（commuter town，可直译为"通勤者居住的城镇"，或译为"卧城""睡城"等），是大都市周围承担居住职能的大型社区或居民点。

的花园漂亮得宛如出自蜡笔画，私家车道上停放了大轿车，他们准备开着那些车带着新生的小婴儿到处转一转。但这些对我来说却遥不可及。不仅是他们选择的地方，那些他们为了方便乘坐火车而选择的住宅区，还有组建家庭的想法。那不适合我们，还不是时候。压根就不存在合适的时机。我见过太多的女性朋友——我以前工作过的杂志社的同事——最后做了自由职业者，再后来，等孩子长到一定年龄，她们便消失了。我非常努力地写书，我不能允许这种情况发生在自己身上。

不过工作不是唯一原因。我若追根究底，会发现自己最害怕的是因此被困住，无法逃脱，最终变得愤愤不平，然后怀恨在心。我五岁时母亲去世了，尽管父亲已经竭尽所能，但我仍担心万一自己像母亲那样早早撒手人寰，留下一个孩子，那孩子可能会失去一些自己永远无法完全理解的东西。我没有对阿米尔说过这些。

但后来我的体内有什么东西开始起了变化，就像一朵云在天空中移动，只比地球旋转的速度慢一点点，这让我感到不正常，不自在。我仍然无法确定它到底是什么，然而在我还差几周就满三十六岁的时候，我在网上又看见一个朋友宣布自己怀孕了，她还贴了一张模糊的照片，画面是她子宫里的一团黑影，这时我感到体内的某种东西有了变化。后来，阿米尔问我出什么事了，我推说是经前综合征。

8

第三次失败后，我坐在自家地下室公寓的花园里。更确切地说，我是被阿米尔抱过去的，就好像我是个老太太，住在养老院里，在夏天还穿着睡袜，身上散发着腐朽干巴的气味。有段时间，我们每天都是如此。他抱我去淋浴，抱我去床上睡觉，他承担着我的重量——那副剩下的躯壳的重量——可后来，阿米尔不得不回去上班，而我也必须做点什么。

但我没有。好几个月过去了。我什么都没写。截稿日期来了又去，而我一点都不在乎。大多数时候，我连公寓的大门都不出。阿米尔不再抱我了，他说我必须站起来。可我没有。我只是整天躺在床上，我实际上就只做了这么一件事。我知道自己臭烘烘的，需要洗澡和洗头，但不知为什么，任何事在我看来都没有必要。晚上，阿米尔把饭给我端进卧室，但我却背过身，不理会他。我选择在他不在家的时候去吃东西，因为这样我就不用见他，他也不用见我；于是，每天等他出门上班后，我便像一个又疯又饿的贼，悄悄溜进厨房，早上和中午吃些麦片，吃完后碗也不刷，就那么堆在水槽里。可后来，为了引我出门，阿米尔开始故意忘记买食物，他把我当成了圈养的小动物，这让我很恨他。正是在那段我又饿又气、从"避难所"被引诱出来的日子，我第一次看到了它：第一只鹤。

换作另外一天、另外一个人，它肯定会被当成垃圾随手扔到一边，毕竟这只是一张亮闪闪的金色卡纸，是从某个把艺术课作业带回家的小男孩那双黏糊糊的手里掉落的。我却注意到了它，因为在那些苍白无力的日子里，我的心是破碎的，内脏痛得像是裂开了一样，丧亲之痛让我走起路来脚步发沉，让我的头重重地耷拉下来。我就是这样在人行道的路边注意到了这只小小的纸鹤；我发誓，有一瞬间我看见它像蝴蝶似的震颤了一下。我跪下来，捏着它的一只翅膀，将它放进掌心。它在风中抽动着，仿佛要飞起来。

回到家后，我几乎把这只纸鹤忘得一干二净，直到有天下午父亲没打招呼便来到我家，是阿米尔叫他来的。这类短暂的拜访在很多方面都不值一提，毕竟我们只是一起喝喝茶，看看日间电视节目和新闻，有时他还会帮我给花园浇点水，但它们对我来说仍旧有意义，而且我猜对他来说也是如此。和他一起静静坐在沙发上，任凭没有说出口的话像粒子一样悬在我们之间的空气中，这的确让我有所收获。母亲去世后的很多年里，我们都是这么相处的。我不需要父亲说些什么。只要他在，就足够了。失去了拥有自己的孩子的最好机会之后，我重新变回了孩子。父亲注意到了放在我书桌上的那只小纸鹤，把它拿了起来，在手里翻来覆去地看，然后自顾自地笑了笑，又挠了挠头。

"我和你叔叔小时候经常折这些，"他开口道，"我们以前常常在屋顶上把它们往下扔，看它们飞呀飞。"

"然后就摔死了。"我说。他不理我。

"他们说折一千只纸鹤，你的愿望就能成真。"他说道，"所以我们过去经常这么干。"

我想我应该是翻了个白眼。对我来说，那个关于纸鹤的古老日本传说并不陌生，不过这会让我想到红玫瑰和巧克力。只是个愚蠢且老掉牙的故事。他走后，我正要把那该死的东西扔掉，却思索了一会儿有什么想许的愿望，然后又摇摇头，觉得太荒谬了。

但我想我需要做点什么。我想，我的双手需要去寻找一些东西，去抓住一些东西。我想，在失去了体内的那些小人之后，在肚子里空无一物之后，我也丧失了信仰。在我看来，向一个甚至不确定自己是否还继续信奉的神祈祷，与执着于一些纸鸟能让梦想成真的童话传说没有什么区别。我想，我是破碎的。我需要些什么，什么都行，来将我重新缝合在一起。

于是，这一切就这样开始了。对折，纸，鸟儿。许愿。

我过完三十六岁生日后，有些事情开始有了转机。我们的第一个侄女出生了。那是四月里一个寒冷的星期，太阳探出了头，但还不暖和，树上苍白的花朵仍然向内折拢着。前面我已经说过，我们大部分的朋友都已经有了孩子，所以我也不是头一回抱新生儿。但第一次抱拉娜时，我却感觉像捧着偷来的珍宝。她浑身都是褶皱，柔弱不堪，刚出生没几天，嘴唇一张一合，像贝壳里的嫩肉一样粉红而完美。抱着小小的她，我没想到自己居然感受到了一股拉力，来自一种温暖的乳白色东西，那是一种渴望，一种不情愿，不愿将她递到阿米尔的怀里。

拉娜现在长大了，活像一簇烟花，四处绽放着，但在那段日子里，我会一连抱着她好几小时，用小拇指抚摸她额头上浓密的绒毛。我注意到，拉娜妥帖地依偎在她母亲的颈窝，她和那里简直是绝配，仿佛那里是她唯一的归属。我仍记得我嫂子当时一直在心不在焉地抚摸她，用手轻抚着她的头发，她的脸，她的脚。不知怎的，这一幕令我震惊不已。难道我以前从没注意到这一点吗，从没注意到这样的事会发生在我的那些朋友，他们的孩子身上吗？没错，有一种东西始终都存在。可直到后来，我有天晚上睡不着，才想明白了那种东西到底是什么，想明白之后，我在黑暗中屏住了呼吸。是爱。我现在对那种爱有了不少理解，不过，它与我对阿米尔的爱不同。它是一种似乎遥不可及的爱，也正是在那一刻，我才意识到我也想要将这种爱据为己有。

所以，三年后事情来到了这一步。我要折一千只纸鹤，但整整一下午，我却一只都折不出来。我很恼火，连小学生都会的折纸，我居然折腾了这么久都没弄明白。我查了一些攻略，网上一搜就有，但是看不懂那些教我应该怎么折的正方形、三角形和箭头。我要崩溃了。身为一名作家，我有时对文字很有一套，但一点也不擅长需要一双巧手和一颗匠心的活计。

那天阿米尔回到家，结果看到了意想不到的一幕。我盘腿坐在客厅地板上，周围是满地揉成团的纸球，像被丢弃的情书，双手握着一把剪刀狂乱挥舞。他起初以为我在剪自己的写作笔记本，于是冲上来，我却伸手去打他的小腿，想要阻止他踏入我失控的领地。

我抬头看着他，急匆匆地解释。我把那个传说讲给他听，还说它会给我带来好运，给我们带来好运，又说假如我能刚好折一千只纸鹤，那也许意味着，嗯，下次我们会安然无恙的。我们会安然无恙的。我一气呵成，把这些全说了出来，这些话就这样冲口而出，让我觉得我也许真的相信它们。纸屑粘在我的开衫和头发上，阿米尔低头看着我。然后他坐下来，仔细看着我面前的折纸攻略，好像这一切当然很有意义，好像他同样相信，一千只纸鹤可以让一个婴儿诞生。

阿米尔拥有我不具备的技能，他向我展示了如何高效地折纸鹤，只见他那一双手将纸张翻转、捋平，好似裁缝在处理珍稀丝绸。他想帮忙一起折，但我告诉他不行。根据传说，只有我自己折完，愿望才能实现。

新年的时候，我已经折了三百三十只纸鹤。我很挫败，原以为一千只很容易，大概一个月就够了。就好像我没有别的事情要做。但花费的时间比我原先想的要长。折叠，调整，确保边角对齐。对我来说，折纸这件事既奇怪，又陌生，有时会让我措手不及，经常怀疑自己到底在做什么。

即使现在，我依然会不断在我们公寓的各个地方发现早期折的一些不太完美的纸鹤，它们弯弯扭扭，要么被塞在沙发侧边，要么被重重的冰箱压扁，翅膀没了，七扭八歪，冷冷冰冰。每次找到，我都会把它们保留起来，甚至留下了那些并不完美，也不计入最后总数的纸鹤。毕竟它们依然对我很重要。

　　每折一下，我都会无声地为手中正在制作的虚幻生命而祈祷，许下我的愿望。我希望下次自己能做得更好。希望会有下一次。我希望我能有一个健康、快乐、结实、可以活下去的婴儿。这个婴儿会变成一个孩子，四肢强健，安然成长，邋遢调皮，充满魔力。我希望我们不要再次经历丧亲之痛。虽然不希望忘记他们，但我也希望我那些已经化作幽灵，离我而去的奶娃娃不要再缠着我，让我听他们痛苦的呢喃，看他们毫无边界的形体。我希望我能把他们想象成别的什么东西，比如雪片、花朵或者星星。

　　阿米尔和我开始在家里相互躲着对方。我一度日复一日躺在床上，不理会他给我端来的一盘盘晚餐和一杯接一杯的茶，耸肩示意他把放在我肩上的手拿开，在他每次伸手轻抚我头发时猛地把头扭开；但自从我折纸鹤和许愿之后，有些事情慢慢起了变化。情况开始好转，我对他表露的爱意不那么排斥了。渐渐地，我们又同时出现在公寓的各个角落，也许我甚至都曾主动去找过他。厨房里，阿米尔煮着意大利面，拌着大碗沙拉，给我讲听到的趣闻，或者带我回顾家庭聚会上发生的事，他现在还会参加家庭聚会，而我去了三次就一直躲开了。在我洗碗，或是他擦拭操作台上面包屑的时候，我发现自己会被他说话的声音吸引，并且意识到这其中有一些我很熟悉的东西，就像以前一样。在客厅里，我们开始并肩坐在沙发上，尽管我们让电视机的声音填满了我俩之间的空间，可他的手还是伸向了我的手，开始温柔地把我拉到身边，我没有反抗，任他这么做，因为这种感觉很好。在卧室里，我睡觉时不再沉重而疲惫地背对他躺着，慢慢地，我们不再枕着悲伤入睡。他再也用不着摸着黑，孤苦地伸手去找我，却只感觉到我离他越来越远。慢慢地，我找到了回到他身边的路，他也一样。

每天晚上，阿米尔都会说："睡觉吗?"我一边点头，一边清点自己的作品，选出合格的，小心翼翼装进一个大纸箱，一只叠一只轻轻放好。我把箱子搬进备用房间，摸着黑轻手轻脚地放下，最后一次用手在它们洁白挺括的脖颈和翅膀上抚过，只触碰那些尖端，好像在说晚安；阿米尔会为我开着客房的门，或者在走廊尽头等我，手指放在开关上，随时准备关灯睡觉，但等待的过程中，他完全不会摆出一副好像我这么做简直是疯了的表情盯着我看。我们通常都不过情人节，以前也不过，但今年的情人节，他将一只洁白的纸鹤留在我的枕头上，是他为我折的。纸鹤内，他害羞地写了一些黑色小字：我们会成功的。我折的纸鹤让我觉得，即使我还谈不上快乐，但至少也近乎满足，就像林子里的一只小小鸟，安静地在安全的地方筑巢。

我在冰箱上贴了一张计数表，用铅笔数了数，我已经折好八百一十只纸鹤。父亲过来时一次也没提过要帮忙，也一次都没表现得仿佛我的所作所为很奇怪一样。他过生日那天，我给他递上了一只纸鹤，虽然我觉得这么做有点傻，但他还是伸手接了过去，轻抚我的头发。他至今仍留着这只纸鹤，用一根细线挂在天花板上，对流的风低语着穿过窗户，纸鹤迎风转动，宛如一个悬在半空缓慢独舞的舞者。

到初夏时，我已经折了九百只纸鹤。就快完成了。我们去了罗马度假，这是我们三年多来唯一一次旅行，我在行李箱里带了一沓纸。我盘腿坐在酒店特大号床的床中央，裹着皱巴巴的被单折纸鹤，阿米尔则陪在我身边；我也在街边咖啡馆摇摇晃晃的桌子上折纸鹤，还坐在圣彼得广场的边上折纸鹤。我们把多余的纸鹤留在各个地方，成双成对地"散布"在这座城市里，把它们当作了一对对接吻的恋人。我们把它们留了下来，挂在博尔盖塞公园周围的高树上，任由它们在特雷维喷泉里漂流，让它们出现在特拉斯泰韦雷的酒吧里，我们曾在那个酒吧里跳舞，当时我仰着头，笑了很久很久。回到家后，我取出带回来的纸鹤，抚平它们在旅途中产生的皱褶，让它们放入其他那些正在等待我的纸鹤的队列，而那些纸鹤都安然待在备用房间的纸板箱里。夏天即将结束的时候，我已经折了一千多只纸鹤。我又怀孕了。

很长一段时间里，不仅是第三次以后，甚至早在第一次以后，我都对自己说，全都是我的错。每当我这样说，阿米尔都十分反感，所以最后我不再把这句话讲出来了。但这并不意味着我不信这一套，因为我依然深信不疑。我们俩考虑得太久了，起初我和他都觉得自己不想要孩子，最后却发现，原来是我的身体辜负了我们。我开始考虑这样一种可能性，那就是，也许我不适合这种别样的生活，不适合生孩子、养小孩。毕竟我对此一无所知。我早就失去了我的母亲，不记得她如何看着我、与我交谈，在我摔倒后把扶我起来，于是，依照某种扭曲的逻辑，我得出了一个结论：因为我失去了母亲，所以我也不能成为母亲。我开始告诉自己，这就是我的故事应有的走向。

有时我仍然会梦见他们。次数不算多，但确实梦到过。在梦里，我那些尚未发育成形的宝宝在游泳。他们是半透明的，像水母一样，眉毛的位置现出了苍白的新月形阴影。他们也像水母一样，没有心、没有血，但全身都覆盖了血管，发着光。他们一开始在游动着，接着却溺了水，然后继续溺水。

⑧

我的手指上满是被纸割伤后留下的细小伤痕。这些微小的裂纹几乎用肉眼看不到，蚀刻在我的皮肤上，但我仍然注意到了。把他紧紧抱在胸口时，我瞥见了它们，那时候，他那热乎乎的小手指抓住了我的手指，他急促的呼吸打在我的皮肤上，是如此地真切且鲜活，他头顶上有一处柔软的地方，那个地方不断地一闭一合，像个"X"，仿佛在那里做了个标记，告诉大家：这里，这里埋藏着我的宝藏。他把皱巴巴的粉红脸颊依偎在我柔软的颈窝时，我也注意到了，他就该一直待在那里，我用精心修剪过指甲的手指环住他，仿佛紧紧抓着一个美丽的贝壳。有时候，我的内心实在是太过激动，我只能不去看他。我只能就这么深吸一口气，并且知道即便我不去看他，他也不会消失。

有时候，我凝视着他，觉得他一定是魔法的产物；有时候，我又觉得他是那些愿望的化身。现如今，我那些纸鹤不再被我关在备用房间的纸板箱里，而是用一根细线串在一起，挂满墙壁，框住他的小床。到了晚上，那些纸折的鸟儿沉默地发出沙沙声，将他哄得安安静静的。

致 谢

这部作品原本只是一个梦，只是保存在我电脑桌面上的一个不起眼的文档，一切之所以变得不同，要多亏以下诸位：

劳丽·罗伯逊，我在彼得斯，弗雷泽与邓洛普公司[1]的经纪人，是你头一个看到了我故事里的价值，也是你让我对自己有了信心。你有着沉着的个性，坚定不移地相信我以及我的作品，带我度过了自我怀疑的阶段。感谢你一直以来都愿意做我的读者。

弗朗辛·图恩，我在权杖[2]的编辑，你是我故事的

---

1 彼得斯，弗雷泽与邓洛普（Peters, Fraser and Dunlop），英国伦敦一家文学经纪公司。（编者注。）

2 权杖（Sceptre），英国伦敦一家出版商，主要出版文艺类小说。（编者注。）

知音，你有着温和、睿智、敏锐的洞察力，帮我将那些故事打磨得更加精致。能够与你合作，实在是我的一件幸事。当然，我还要感谢每一个在权杖幕后为我这本书孜孜不倦地付出并支持我的人。

我羞怯地写下这些故事，鼓起了相当大的勇气才拿出来同他人分享。阿比·帕森斯，你是我的第一位读者，是你鼓励我继续前进，让我觉得自己的文字是有意义的；感谢你如此细致的反馈，感谢你指引我在出版的世界找寻方向。我也同样要感谢伯娜丁·埃瓦里斯托、亚历山德拉·普林格尔、卡罗琳·米歇尔、埃丽卡·瓦格纳和《时尚芭莎》杂志每一位看好《做果酱的人》的朋友，这是一则有些怪异的小故事，而你们的认可为我打开了许多扇门。

过去的这一年很不寻常，流行病始终贯穿着我们的生活，但我还是很感激所有通过网络与我联络的作者和读者。与你们谈话让我觉得写作这件事少了几分孤独，有时候也的确是这样。

我能够提笔写作，离不开一份特殊的支持。我对莉莉·弗雷塔斯深表谢意，正因为你充沛的精力和对孩子们的深切关爱，我才得以心无杂念地进行创作；

你的存在让我们一家人都感到振奋。我同样衷心感谢孩子们的所有老师，在我试图写完这本书的时候，我们一次次被封控，孩子们要在家上课，是各位老师精心为孩子们制订了学习计划，有时候，我们这些父母都觉得难以为继，是你们源源不断的支持和指导让我们坚持到底。

我一如既往地无比感谢我最亲爱的库雷希家族和伯奇家族，尤其是我的父母马泽尔·库雷希和努斯雷特·库雷希，感谢你们用你们的方式养育了我；感谢你们给了我一间盛满了书的卧室和一个装满了故事的童年；感谢你们的鼓励和爱。

还要感谢理查德，没有你，这一切都不可能实现。"谢谢你"这三个字似乎远远不够，但我确实很感谢你，非常非常感谢你。有时我觉得仿佛自己迷失在了一个拥挤的房间中，但当我抬起头，对上你的眼睛，我就会安下心来。能把事情讲给你听，我真的很高兴。

最后，我要感谢我的三个漂亮儿子。苏非安、希纳和裘德，你们点亮了我的生活，让它变得如此耀眼，以至于有时我不得不把眼睛遮住。我有时希望时间不要过得那么快，这样我们就可以永远活在当下。

你们都有魔力，每个都有。